Frieda Lamberti
Spitzenkerle
Kommt Zeit, kommt Bart

AF177839

Das Buch

Von außen betrachtet sind Marek und Inga mit ihrem kleinen Sohn Mika eine glückliche Familie. Doch hinter der Fassade brodelt es. Als Inga auf einer Beziehungspause besteht, gerät Mareks Leben völlig aus den Fugen. Gut, dass seine Freunde Moritz und Claudius fest an seiner Seite stehen. Wird es für den ehemaligen Schlagmann des legendären Ruder-Vierers ein Happy End geben?

Die Autorin

Frieda Lamberti, gebürtige Hamburgerin, ist Langzeitehefrau, Mutter, Oma von vier Enkelkindern und lebt mit ihrem Mann in der Lüneburger Heide. Sie zählt sich zu den spät berufenen Schreiberinnen. Erst im Alter von fünfzig Jahren veröffentlichte sie ihren Debütroman »Ausgeflittert«. Frieda liebt Geschichten, die das Leben schreibt. Ob Komödie, Melodrama oder Romanze, in ihren Familiengeschichten kommen Humor, Spannung und Tragik nie zu kurz. Neben ihren zahlreichen Titeln, die sie als Selbstverlegerin herausbringt, veröffentlichte Frieda Lamberti bereits ihre Romane »Lila ist der Duft der Wahrheit«, »Frühstück inklusive«, »Herzklopfen und kalte Füße«, »Herzklopfen und kalte Hände«, »Kalte Milch und Kummerkekse«, »Warme Milch und Kummerkekse«, »Alias Nora Parker«, »Zeit der Seesterne«, »Lied der Seesterne« und die vierteilige »Spitzenweiber«-Reihe bei Montlake Romance.

FRIEDA LAMBERTI

Kommt Zeit, kommt Bart

Spitzenkerle

ROMAN

Deutsche Erstveröffentlichung bei
Montlake Romance, Amazon Media EU S.à r.l.
5 Rue Plaetis, L-2338, Luxembourg
November 2018
Copyright © der deutschsprachigen Ausgabe 2018
By Frieda Lamberti

Umschlaggestaltung: bürosüd⁰ München, www.buerosued.de
Umschlagmotiv: © Gutzemberg / Shutterstock; © Moomusician /
Shutterstock; © BUNDITINAY / Shutterstock; © Serg64 / Shutterstock;
© Arthur Mustafa / Shutterstock; © secondcorner / Shutterstock
Lektorat: Media-Agentur Gaby Hoffmann, www.profi-lektorat.com
Gedruckt durch:
Amazon Distribution GmbH, Amazonstraße 1, 04347 Leipzig /
Canon Deutschland Business Services GmbH, Ferdinand-Jühlke-Str. 7,
99095 Erfurt /
CPI books GmbH, Birkstraße 10, 25917 Leck

ISBN: 978-2-91980-350-7

www.montlake-romance.de

BAND 1

Hausmann

Marek

Nur noch zweimal schlafen. Dann geht es ab in die Sonne. Dass mein Tagesablauf im Urlaub anders aussehen wird, wage ich zwar zu bezweifeln, dennoch freue ich mich darauf. Auch in Santa Ponsa, wo wir für zwei Wochen ein Appartement mit Meerblick gebucht haben, werde ich morgens als Erster aufstehen, in meinen Jogginganzug schlüpfen, das Frühstück zubereiten und mich um unseren Kleinen kümmern. So, wie ich es jeden Tag mache, seit Inga wieder arbeitet und ich Hausmann bin.

Meine Lebensgefährtin hat darauf bestanden, dass auch ich meinen Beitrag leiste. Nur unter dieser Voraussetzung war sie bereit, unser Kind zu bekommen.

Es ist fast fünf Jahre her, dass wir unserem Sohn den wohlklingenden Namen Mika gegeben haben. Wir hielten nichts davon, unseren Stammhalter nach dem Ort seiner Zeugung zu benennen, wie es bei den Promis angesagt ist. Außerdem hätte *Bremervörde Bahlburg* reichlich bescheuert geklungen. Was das anging, waren Inga und ich uns schnell einig.

Doch anders als zu Beginn unserer Beziehung driften unsere Meinungen mittlerweile immer häufiger auseinander und sinnloser Streit steht auf der Tagesordnung. Ich wäre viel lieber nach Griechenland gereist und hätte ein Hotel mit Halbpension einer Wohnung mit Selbstverpflegung vorgezogen. Letztendlich habe ich nachgegeben. Mal wieder.

Ich schlurfe in die Küche und begebe mich auf die Suche nach Ingas Liste. Darauf hat sie alle Aufgaben notiert, die vor der Abreise noch zu erledigen sind. Besser gesagt: Die *ich* noch zu erledigen habe.

»Das gibt es doch nicht.« Seit Tagen hing der Zettel am Kühlschrank. Aber jetzt ist er weg.

Im Bad rauscht Wasser. Inga steht unter der Dusche.

Gerade will ich zu ihr gehen und sie fragen, ob sie eine Ahnung hat, wo meine To-do-Liste abgeblieben ist, als sich die Kinderzimmertür öffnet und mein Kleiner freudestrahlend in den Flur stürmt. Er beschleunigt das Tempo und hopst mit einem Hechtsprung in meine Arme.

»Gut geschlafen?«, erkundige ich mich und drücke ihn an meine Brust.

Er nickt und verpasst mir einen kurzen Schmatzer auf die Wange. Aber mit *kurz* gebe ich mich nicht zufrieden und fordere mehr. Ich knuddle Mika so lange, bis er laut kichernd um Gnade winselt. Erst dann stelle ich ihn wieder auf die Füße und bedeute ihm, gleich loszurennen.

Wie jeden Morgen lasse ich ihm einen Vorsprung, bevor ich ihm folge.

»Sieger«, ruft er stolz, als er in der Küche angekommen ist, und klettert auf seinen Stuhl, der, so wie es sich für den Chef des Hauses gehört, an der Stirnseite des Tisches steht.

Ich spiele ihm vor, völlig aus der Puste zu sein, und hechle: »Gegen dich bin ich chancenlos.«

»Wenn ich groß bin, werde ich auch Sportler, genau wie du, Papa.«

Ich hoffe, er wird schlauer sein als ich und nicht kurz vor dem Ziel aufgeben. Aber das behalte ich für mich und schenke ihm stattdessen einen Becher Kakao ein.

»Knäcke oder Toast?«, will ich von ihm wissen.

»Toast«, antwortet Inga, die, nur in ihren Bademantel gehüllt, in der Küchentür erscheint.

Ich neige meinen Kopf, aber statt des erwarteten Kusses erhalte ich die Antwort auf eine Frage, die ich noch gar nicht gestellt habe.

»Ich bleibe heute zu Hause«, informiert sie mich, bevor sie Mika einen Kuss aufdrückt. »Wir müssen reden.«

Ohne die Spur einer Ahnung, weshalb Inga sich heute schon freigenommen hat und was sie mit mir besprechen will, bestücke ich die Kaffeemaschine.

»Hast du den Zettel vom Kühlschrank genommen?«, frage ich, während ich zwei Tassen aus dem Schrank nehme.

Sie nickt und kommt zu mir herüber.

»Dann gib ihn mir bitte, damit ich die Punkte abhaken kann, die ich bereits erledigt habe.«

»Vergiss die Liste! Die brauchen wir nicht mehr«, erwidert sie und fixiert die Kaffeemaschine, die erste Tropfen ausspuckt. »Meine Güte, das dauert. Ich hätte das alte Ding längst auf den Müll schmeißen und einen Vollautomaten kaufen sollen.«

So ein Vollautomat, der Inga vorschwebt, kostet schlappe tausend Euro, die wir nicht mal eben übrig haben, seit ich nicht mehr arbeite und wir von ihrem Gehalt und meinen Ersparnissen leben.

»Du wolltest unbedingt nach Mallorca«, gebe ich zu bedenken. Noch bevor ich ihr vorhalten kann, dass wir auf Kreta viel günstiger hätten Urlaub machen können, kommt sie mir zuvor.

»Stimmt, das wollte ich. Aber nun will ich es nicht mehr.«

Ich gehe fest davon aus, dass ich mich verhört habe, und fordere sie auf, ihren Satz zu wiederholen.

Noch immer weicht sie meinem Blick aus. »Wir fliegen nicht. Ich habe die Reise storniert.«

Zwar höre ich ihre Worte, aber ich verstehe sie nicht. »Warum hast du das gemacht?«

»Ich bin zu dem Entschluss gekommen, dass ...« Sie bricht mitten im Satz ab.

»Zu welchem Entschluss?«

»Nicht vor Mika«, flüstert sie und schenkt sich Kaffee ein. Meine Tasse lässt sie leer.

»Inga, was ist los?«, bedränge ich sie.

Doch sie antwortet mir nicht, sondern schaut mich an, wie sie mich zuvor noch nie angesehen hat.

»Ich muss nachdenken, Marek«, seufzt sie und nippt an der Tasse.

»Und das kannst du nicht auf Malle?«

»Doch, das könnte ich auch dort, allerdings nicht mit dir. Statt ohne dich zu fliegen, habe ich die Reise ganz abgesagt. Der Abstand wird uns beiden guttun.«

Mein Verstand spielt mir gerade einen Streich. Anders lässt es sich nicht erklären, dass ich nicht frage, weshalb sie Abstand von mir braucht, sondern einfach lospoltere. »Hast du den Verstand verloren? Wir werden keinen müden Cent erstattet bekommen. Viertausend Euro sind futsch, nur weil du *nachdenken* musst?«

»Reg dich ab, Marek! Wir haben schließlich eine Reiserücktrittsversicherung abgeschlossen.«

»Die springt aber nur im Krankheitsfall ein. Dein offensichtlicher Sockenschuss ist gewiss kein triftiger Grund dafür, dass wir die Reisekosten erstattet bekommen.«

Im Gegensatz zu mir bleibt Inga die Ruhe selbst. »Wir bekommen ein Attest. Ich habe bereits mit Doktor Vogel gesprochen. Er wird bestätigen, dass wir fluguntauglich sind.«

Erst jetzt bemerke ich, dass Mika ganz verunsichert zu uns herüberschaut. Weil ich nicht will, dass er etwas von unserem Streit mitbekommt, bringe ich ihn ins Kinderzimmer und bitte ihn in dem sanftesten Tonfall, den ich angesichts der Situation zustande bringe, ein wenig allein zu spielen.

Mit einer unbändigen Wut im Bauch kehre ich in die Küche zurück. Ich will von Inga wissen, wie sie dazu kommt, so eine Entscheidung über meinen Kopf hinweg zu treffen.

Sie lehnt am Küchenschrank und starrt den Boden an, was mich fast in den Wahnsinn treibt.

Aber ich versuche, ruhig zu bleiben. »Hältst du es für richtig, mich einfach vor vollendete Tatsachen zu stellen?«

»Ich hatte keine andere Wahl.«

»Doch, die hattest du! Du hättest *vorher* mit mir sprechen müssen.«

»Ach, Marek, wie oft denn noch? Wir diskutieren und diskutieren, aber trotzdem drehen wir uns im Kreis. Ich kann das nicht mehr.«

Mir rutscht das Herz in die Kniekehlen. Warum werde ich das Gefühl nicht los, dass es nicht mehr nur um den Urlaub geht? Ich nehme meinen ganzen Mut zusammen und stelle ihr die entscheidende Frage. »Sag mal, machst du gerade Schluss?«

Inga zögert keine Sekunde und knallt mir ihre Antwort unverblümt vor den Latz. Ihre Direktheit war einer der Gründe, weshalb ich mich damals in sie verliebt habe. Dass sie stets ohne Umschweife auf den Punkt kam, hat mich fasziniert, heute macht sie mich sprachlos.

»Es hat auch Vorteile, dass wir nicht verheiratet sind. Wir können uns einfach trennen, ohne einen Scheidungskrieg zu führen.«

»Einfach?«, platzt es aus mir heraus. »Wir haben ein gemeinsames Kind! Und was passiert mit dem Haus?«

»Das wird sich finden. Ich werde mit Mika zu meiner Schwester fahren. Lass uns die Zeit nutzen und überlegen, wie wir alles regeln können. Ich bin mir sicher, dass wir eine Lösung finden.«

Es reicht. Ich muss hier sofort raus, bevor ich Inga noch was an den Kopf werfe, was ich später bereuen würde.

Im Flur schnappe ich mir meine Laufschuhe, reiße die Haustür auf und renne barfuß in den Vorgarten. Luft! Ich brauche Luft.

Ich jogge bereits länger als eine Stunde um die Alster. Eigentlich hilft mir Bewegung, um wieder einen klaren Kopf zu bekommen. Heute klappt es nicht. Ich kann noch immer nicht begreifen, was gerade passiert ist. Inga hat mir ohne Vorwarnung den Teppich unter den Füßen weggezogen. Und zwar diesen hässlichen Teppich, den sie günstig im Sale erstanden hat. Am liebsten hätte ich das grausige Schnäppchen sofort in den Keller verbannt, aber Inga meinte: »Der macht sich doch gut im Wohnzimmer. Er bringt endlich Farbe in diese Tristesse.«

Ich kann nicht zählen, wie oft ich seither darüber gestolpert bin, weil Inga dagegen war, dass ich ihn mit Klebeband fixiere. Keine Ahnung, wieso ich ausgerechnet jetzt über *Sommar* nachdenke, denn so heißt dieser geschmacklose Läufer aus dem schwedischen Möbelhaus.

Mehr Gedanken sollte ich mir über den bevorstehenden Sommer machen, den ich ohne Frau und Kind verbringen werde.

»Hey, Marek, bist du es wirklich?«, schreit mir jemand hinterher.

Ignorieren oder anhalten? Ich laufe weiter, auch auf die Gefahr hin, dass ich gleich einen Wadenkrampf bekomme.

So typisch

Inga

Ich trage noch immer meinen Bademantel, dabei ist Marek schon seit einer halben Stunde fort. Er ist einfach abgehauen. Das ist typisch für ihn. Keine andere Reaktion habe ich von ihm erwartet. Er ist so durchschaubar.

Ich bereue meine Entscheidung nicht. Es war längst überfällig, einen Schlussstrich unter unsere Beziehung zu ziehen. Und ja, es musste auf die harte Tour sein, denn anders hätte Marek es nicht begriffen, muntere ich mich auf. Allerdings mit wenig Erfolg.

Obwohl ich der festen Überzeugung bin, richtig gehandelt zu haben, überfällt mich plötzlich ein Gefühl von Traurigkeit. Schließlich war dieser Mann einmal meine große Liebe.

Aber was ist davon übrig geblieben?

Nicht genug, um so weiterzumachen.

In meiner Brust breitet sich ein stechender Schmerz aus. Nun ist es so weit, ich kann die Tränen nicht mehr unterdrücken. Noch bevor Mika sieht, dass ich weine, flitze ich ins Badezimmer und schließe die Tür ab.

Ich brauche drei Papiertaschentücher und reichlich kaltes Wasser, das ich mir über dem Waschbecken ins Gesicht spritze, um so auszusehen, dass ich mich bei meinem Sohn blicken lassen kann.

»Wollen wir im Café König frühstücken?«, rufe ich durch den Flur.

Augenblicklich öffnet Mika die Kinderzimmertür und lugt heraus. »Ich bin aber noch nicht angezogen.«

Obwohl er sich Hose und Shirt schon alleine anziehen kann, helfe ich ihm. »Wir werden in den Ferien ganz viel Spaß haben«, verspreche ich ihm vollmundig. »Muriel und Joshi freuen sich schon ganz arg auf dich und können es kaum erwarten, mit dir zu spielen.«

Mein Sohn schaut mich skeptisch an. »Wieso? Kommen die auch mit?«

Jetzt muss ich die Katze aus dem Sack lassen. »Wir fliegen nicht mit dem Flugzeug, sondern besuchen Tante Valentine in ihrem Ferienhaus an der Ostsee.«

Mikas Miene macht keinen Hehl aus seiner Enttäuschung. »Warum?«

Ich nehme ihn in den Arm. »Weil es dort viel schöner ist als auf Mallorca.«

Er löst sich aus meiner Umarmung, rennt aus dem Zimmer und ruft nach seinem Vater.

»Papa«, dröhnt es durchs ganze Haus. Mika sucht ihn in jedem Zimmer. Kurz darauf ist mein Junior zurück und schaut mich mit großen Augen an. »Er ist nicht da.«

Ich greife zu einer Notlüge, während ich hastig in eine Jeans schlüpfe. »Ich weiß. Er wollte nicht mit zum Frühstücken.«

Ich kann dem enttäuschten Blick meines Sohnes kaum standhalten. Also ziehe ich mir rasch ein Oberteil über, bevor ich die Hand nach Mika ausstrecke. »Kommst du?«

Obwohl ich nicht weiß, ob Marek den Wagen genommen hat, nehme ich den Autoschlüssel vom Bord und öffne die Haustür. Erleichtert stelle ich fest, dass unser Kombi in der Einfahrt steht.

Mika krabbelt in seinen Kindersitz. Während ich ihn anschnalle, spüre ich Blicke auf meinem Rücken. Ich drehe mich um, um zu erfahren, wer mich beobachtet. Und richtig. Irene Werner steht auf dem Balkon und winkt uns zu. Unsere Nachbarin und seit Jahrzehnten der gute Geist der Straße will wissen, ob wir heute schon abreisen.

Ich schüttle den Kopf. »Nein, erst morgen«, rufe ich ihr zu.

»Falls wir uns nicht mehr sehen, wünsche ich euch einen erholsamen Urlaub.«

Möge sich dein Wunsch erfüllen, denn er deckt sich haargenau mit meinem, denke ich. Ich brauche wirklich dringend Erholung.

Der dritte Mann

Marek

»Mensch, Bahlburg, du bist ja immer noch verdammt gut in Form«, ertönt eine männliche Stimme hinter mir. Ich habe keinen Schimmer, wer mir seinen warmen Atem ins Genick bläst. Erst als ich langsamer werde und der Typ direkt neben mir auftaucht, erkenne ich ihn.

»Claudius. Was verschlägt dich denn in die alte Heimat?«, grüße ich meinen ehemaligen Kumpan, ohne anzuhalten.

Er keucht wie ein Kettenraucher, während er neben mir herläuft. »Allein deine Frage zeigt mir, dass du endgültig mit dem Rudersport abgeschlossen hast.«

Irritiert runzle ich die Stirn, woraufhin er ungeduldig die Augen verdreht.

»Am Wochenende findet die alljährliche Regatta in Allermöhe statt.«

Ich beäuge ihn und stelle entsetzt fest, dass er im Laufe der Jahre mächtig aus dem Leim gegangen ist. Wie ich war auch Claudius Hochleistungssportler und dritter Mann unseres legendären Vierers.

»Sag mir nicht, dass du an den Start gehst.« *Wer ist denn dein Sponsor? Etwa die Weight Watchers*, amüsiere ich mich im Stillen.

»Nun stopp doch endlich mal!«, fordert er mit Nachdruck und hält meinen Arm fest. »Ich versuche seit Wochen, dich ausfindig zu machen. Selbst Moritz und Hendryk haben keine Ahnung, wo du abgeblieben bist. Wieso bist du untergetaucht?«

Ich lache ungläubig auf und bleibe im Sprachgebrauch der Wassersportler. »Warum sollte ich euch mitteilen, wohin ich gezogen bin, nachdem ich die Ruder gestrichen habe?«

»Das ist doch Lichtjahre her, Alter.«

»Falsch! Es ist fast auf den Tag genau fünf Jahre her«, verbessere ich ihn.

»Nicht *wir* haben dich ausgebootet. *Du* hast die Biege gemacht und uns sitzen lassen! Aber das sind alte Kamellen und sollte kein Thema mehr zwischen uns sein.« Sein Gesicht verzieht sich zu einem breiten Grinsen. Aufrichtige Freude blitzt in seinen Augen auf. »Meine Güte, ich freue mich so, dich wiederzusehen.«

Ehe ich michs versehe, umgreifen seine fleischigen Arme meine Schultern.

»Solltest du es wagen, mich zu küssen, muss ich dir wehtun!«, drohe ich ihm. »Sogar sehr wehtun!«

Er kichert wie ein kleines Mädchen. »Du bist ja immer noch so homophob wie früher. Aber keine Sorge, du warst noch nie mein Typ.« Das ist die erste gute Nachricht an diesem verkorksten Tag.

»Los, lass uns irgendwo einkehren und einen heben«, schlägt er tatsächlich um diese Tageszeit vor.

Ich antworte ihm nicht, sondern greife in meine Hosentasche, in der mein Handy klingelt.

Der Klingelton verrät mir, dass es Inga ist. Noch weiß ich nicht, was schlimmer ist. Mit der Frau zu telefonieren, die mich gerade absurviert hat, oder mich weiterhin von Claudius betatschen zu lassen. Ich entscheide mich, das Gespräch anzunehmen.

Sofort huscht mir ein Lächeln übers Gesicht, denn es ist Mika, der mich mit honigsüßer Stimme fragt, ob ich nicht ins Café nachkommen will. »Mama hat mir Pfannkuchen mit Nutella bestellt.«

»Wow«, antworte ich ihm.

Seine Mutter, wie ich Inga künftig nur noch nennen werde, scheint unserem Filius gegenüber ein ziemlich schlechtes Gewissen zu haben. Anders ist es nicht zu erklären, dass ihm die Kalorienzählerin und Verfechterin von gesunder Ernährung die verpönte Nussnougatcreme erlaubt. »Dann lass es dir gut schmecken. Leider muss ich noch etwas erledigen. Aber wir holen das nach, versprochen! Ich hab dich lieb. Bis später.«

»Wer war denn das? Hast du etwa eine Neue? So, wie du geguckt hast, scheinst du ja schwer verliebt zu sein«, zieht Claudius mich auf.

»Das war mein Sohn«, erkläre ich nüchtern und stecke mein Telefon zurück in die Hosentasche.

Er ist sichtlich erstaunt. »Dann war es dir mit diesem Familiending damals wirklich ernst? Ich glaub es nicht! Keiner von uns hat euch nur den Hauch einer Chance gegeben.«

»Glaub es! Und nun entschuldige mich. Ich habe es eilig.«

Doch genau wie früher gibt Claudius keine Ruhe. »Warte! Verrate mir wenigstens deine Handynummer. Wir können doch später noch mal telefonieren. Ich bin nur für einige Tage in der Stadt und würde gern mal wieder mit dir schnacken.«

Nur um ihn loszuwerden, nenne ich sie ihm. Seine habe ich zwar auch gespeichert, allerdings weiß ich schon jetzt, dass ich sie wieder löschen werde, sobald ich zu Hause bin. Unser Vierer ist Vergangenheit. Ich lege keinen Wert darauf, die alten Zeiten wieder aufleben zu lassen.

Völlig verschwitzt erreiche ich schließlich mein Zuhause.

Ja, es ist mein Heim, obwohl es sich streng genommen um das Elternhaus der *Mutter meines Sohnes* handelt. Dennoch bin ich es gewesen, der Geld und unzählige Arbeitsstunden investiert hat, um aus der verwohnten Bruchbude ein ansehnliches Haus zu machen.

Ich stutze. Auf der Fußmatte vor der Eingangstür liegt ein riesiger Blumenstrauß. Vergeblich suche ich nach einer Karte, dennoch ist mir sofort klar, dass das Gebinde nicht für mich ist.

»Dieses Miststück!«, schimpfe ich. Augenblicklich fällt es mir wie Schuppen von den Augen. Sie hat einen anderen! Einen Rosenkavalier, wie kitschig.

Ich habe schon geduscht, mich umgezogen und die Küche aufgeräumt, als ich höre, dass sich die Haustür öffnet. Mika stürmt von seiner Mutter gefolgt herein.

»Wenn du Wert auf die Blumen legst, stell sie selbst ins Wasser«, fahre ich sie an und deute mit ausgestrecktem Arm auf den Mülleimer, aus dem zwanzig rote Knospen ragen.

Sie wirft den misshandelten Blumen lediglich einen gleichgültigen Blick zu, ehe sie sich abwendet. »Ich gehe jetzt packen«, informiert sie mich und verschwindet im Schlafzimmer.

So nicht, meine Liebe! Ich will wissen, was Sache ist, und folge ihr. »Wer ist der Typ? Kenne ich ihn?«

Die *Mutter meines Sohnes* läuft hochrot an. »Das hat gar nichts mit uns zu tun«, erklärt sie und wirft den großen Koffer aufs Bett.

Mir brennt eine Sicherung durch. »Seit wann bist du so feige?«, brülle ich sie an.

»Es hat nichts mit uns zu tun«, wiederholt sie, als ob ich einen Hörschaden hätte.

Wütend packe ich ihren Oberarm. »Verarsch mich nicht! Das habe ich nicht verdient.«

Sie hebt den Kopf und schaut mich unschuldig an. »Ich habe dich nicht betrogen, Marek. Es gibt nichts, was ich dir gestehen müsste.«

»Dann sag mir, warum! Weshalb zerstörst du unsere Familie?«

Wo ist ihre Spontaneität abgeblieben? Warum zögert sie? Gespannt warte ich auf ihre Erklärung.

»Ich liebe dich nicht mehr. Es ist nicht nur, dass ich mich schon länger nicht mehr von dir angezogen fühle, mittlerweile ertrage ich deine Gegenwart einfach nicht mehr. Deine Stimme ... dein Geruch ... Du raubst mir die Luft zum Atmen.«

Oha! Ich hatte sie zwar darum gebeten, sich für ihren plötzlichen Sinneswandel zu rechtfertigen, aber so direkt habe ich es nicht erwartet. Das nenne ich mal eine volle Breitseite.

»Mein Geruch?« Angewidert lasse ich sie los, als hätte ich mich verbrannt. »Hast du eine Ahnung, wie sehr du stinkst, seit du dieses neue Parfum benutzt?«

»Fein, das bedeutet wohl, dass wir uns beide nicht mehr riechen können. Ein guter Zeitpunkt, um dem Leiden ein Ende zu setzen.«

Ich hole tief Luft. »Dein Leiden ist mir schnuppe. Ich habe keine Lust, über deine Befindlichkeiten zu sprechen. Das Einzige, was mich interessiert, ist Mika. Ich bin sein Vater! Wage es nicht ...«

Sie baut sich dicht vor mir auf. Mit den Händen, die mich früher an jeder Stelle meines Körpers verwöhnt haben, streicht sie versöhnlich über meine Wangen. Ihr Blick ist weich. »Nein, Marek. Das würde ich niemals tun. Er liebt dich so sehr. Du bist sein Held. Wir werden immer seine Eltern bleiben und genau aus diesem Grund dürfen wir uns nicht aus gekränkter Eitelkeit zerfleischen.«

Schön zu hören, dass der Rosenkavalier der *Mutter meines Sohnes* noch nicht den letzten Anstand aus dem Leib gevögelt hat.

Obwohl es mir auf den Lippen liegt, ihr mitzuteilen, dass ich sie hasse wie noch keinen Menschen zuvor, nicke ich und kämpfe gegen den Kloß in meinem Hals an. »Dann ist das ja wenigstens geklärt!«, krächze ich schließlich.

»Sprich doch mit deinem Arbeitgeber. Wenn Mika nach den Sommerferien endlich ganztags einen Kindergartenplatz bekommt, könntest du doch wieder voll einsteigen.«

Genau! Ich werde meinen Chef auf Knien anflehen, mir meinen Posten zurückzugeben, nachdem er mir vor sieben Monaten unmissverständlich klargemacht hat, dass ich mir die Karriere in seinem Unternehmen abschminken kann, sollte ich auf der Auszeit bestehen.

Fuck you, Inga!

Plötzlich fährt mir ein Geistesblitz durch den Kopf. »Das mit der Ganztagsbetreuung hast du auch schon hinter meinem Rücken angeleiert?«

Wie lange denkt diese Frau eigentlich schon über unsere Trennung nach?

Erneut überhört sie meine Frage und wendet sich dem Koffer zu. »Meinst du nicht auch, es wäre besser, wenn ich schon heute mit Mika an die Ostsee fahre?«

»Seit wann fragst du mich, wenn du es längst beschlossen hast?«, kontere ich und stapfe aus dem Schlafzimmer, weil ich ihren Anblick keine Sekunde länger ertragen kann.

Ich gehe ins Kinderzimmer und mein Herz wird zentnerschwer, als ich meinen Sohn entdecke.

Er spielt mit seinen Legosteinen, die wir zusammen gekauft und schon mehr als hundert Mal zu Türmen zusammengesteckt haben.

»Das hast du toll gemacht«, lobe ich ihn. Zu weiteren Worten bin ich nicht fähig, denn meine Stimme versagt.

Kraftlos lasse ich mich aufs Sofa fallen und versuche, meine Gedanken zu ordnen, als ich höre, dass im Schlafzimmer telefoniert wird.

Mit wem spricht sie? Ich stelle meine Lauscher auf.

»Wäre es okay, wenn ich schon heute mit Mika komme? – Ja, ich habe es ihm gesagt. Deshalb rufe ich dich an. Die Stimmung ist unerträglich. Ich halte es hier keinen Moment länger aus.«

In mir wächst der Verdacht, dass sie mit ihrem Lover redet. *Du kannst den Urlaub gern mit deinem neuen Stecher verbringen. Aber mein Sohn bleibt hier,* will ich durch die Wohnung schreien. Doch entgegen meinem Verdacht verabschiedet sie sich tatsächlich von ihrer Schwester.

»Du bist meine Rettung, Valentine. Bis nachher.«

RABENMUTTER

INGA

Marek ist kreidebleich, als ich ihn frage, ob er mir mit dem schweren Koffer helfen würde. Dass er sofort zustimmt, habe ich weder seinem guten Benehmen noch seiner ausgeprägten Hilfsbereitschaft zu verdanken. Nur unserem Sohn zuliebe zögert er nicht. Er spielt sogar mit, als Mika ihn fragt, warum er uns nicht an die Ostsee begleitet. Zu meiner Überraschung tischt Marek ihm eine glaubwürdige Erklärung auf.

Er beugt sich hinab und strubbelt ihm durch die verwuschelten Haare. »Ich kann leider nicht mitfahren, weil ich wieder arbeiten muss, Kumpel. Mein Chef braucht mich. Verstehst du das?«

Mika versteht, aber es gefällt ihm nicht. »Dann kannst du mir abends gar nicht vorlesen«, beschwert er sich und zieht einen Schmollmund.

Wie ein Zauberer zückt Marek plötzlich eine CD aus dem Ärmel. »Nimm die mit, mein Großer.«

»Aber das ist nicht dasselbe«, nörgelt unser verwöhntes Einzelkind.

Gerade will ich ihm erklären, dass auch ich eine begnadete Geschichtenerzählerin bin, als Marek ihm vorschlägt, ihn abends anzurufen.

»Dann erzähle ich dir eine Gutenachtgeschichte am Telefon.«

Dieser Vorschlag wird angenommen und mit einem innigen Vater-Sohn-Kuss besiegelt.

Endlich kann es losgehen. Ich steige in den Wagen und schnalle mich an, als Mika mir von hinten auf die Schulter klopft. »Sagst du Papa gar nicht Tschüss?«

»Hab ich doch schon«, schwindle ich, aber damit lässt er sich nicht abspeisen. Unser Sohn besteht darauf, dass seine Eltern sich zum Abschied ebenfalls einen Kuss geben.

Mit einem gequälten Lächeln lasse ich das Fenster runterfahren und strecke meinen Kopf mit geschlossenen Augen hinaus. Eigentlich gehe ich davon aus, dass Marek mir einen angedeuteten Kuss auf die Wange haucht, aber er drückt völlig unerwartet seine weichen Lippen auf meinen Mund.

Perplex starre ich ihn an.

»Fahr vorsichtig«, gibt er mir noch mit auf den Weg, bevor er mit Augen voller Tränen im Haus verschwindet.

Na bravo! Jetzt hat er es geschafft, dass ich mich wie eine Rabenmutter fühle, die aus purem Egoismus ihre eigene Familie zerstört. Aber ich bin nicht nur Mutter, sondern auch eine Frau, eine, die Marek schon längst nicht mehr in mir sieht.

»Legst du die ein?«, bittet Mika mich und reicht mir die CD nach vorn.

Ich greife danach und lese: *Pettersson und Findus. Das schönste Weihnachten überhaupt.*

»Wie passend«, murmele ich.

Bei strahlendem Sommerwetter lauschen wir einem Hörspiel, das von Kälte, Schnee und Tannenbäumen handelt, während die Klimaanlage gegen die im Wageninneren vorherrschende Hitze ankämpft.

Schon nach einer Viertelstunde ist mein Sohn eingeschlafen und ich stelle erleichtert das Radio an.

Kurz nachdem ich die Autobahn verlasse, melde ich mich bei meiner Schwester. »Wir sind gleich da.«

»Prima, dann decke ich den Tisch und koche schon mal Kaffee.«

Gleich darauf macht es klick. Valentine hat aufgelegt und mir keine Gelegenheit gegeben, sie nach der weiteren Route zu fragen. Ich war erst einmal hier, aber da ist Marek gefahren. Als Beifahrerin habe ich nicht auf den Weg geachtet. Hätte ich vorhin nicht fluchtartig das Haus verlassen und nicht daran gedacht, das mobile Navi einzupacken, müsste ich mir jetzt keine Gedanken machen.

»Links oder rechts?«, frage ich mich an der ersten Kreuzung nach dem Ortsschild und entscheide mich für rechts.

Nach fünfhundert Metern endet die asphaltierte Straße und mündet in einen Feldweg. Ich folge dem Hoppelpfad und erreiche wenig später den Strand.

»Hier bin ich bestimmt nicht richtig«, resümiere ich, als ich ein winziges Rotklinkerhäuschen entdecke, vor dem ein langer Steg ins Wasser führt.

Ich will gerade den Wagen wenden, als mir ein Radfahrer entgegenkommt. Zwar sieht er nicht sehr vertrauenswürdig aus, dennoch beschließe ich, ihn nach dem richtigen Weg zu fragen.

Nachdem ich die Türen verriegelt habe, rufe ich ihm durchs Fenster zu: »Ich habe mich verfahren. Kennen Sie sich vielleicht aus?«

»Das hier ist Privatgrund. Was immer Sie suchen, hier sind Sie falsch.«

Ich wende, genau, wie ich es vorhatte, bevor dieser unmögliche Typ hier aufgetaucht ist.

»Recht herzlichen Dank«, knirsche ich und gebe Gas.

Im Rückspiegel sehe ich, dass meine rasante Abfahrt eine dicke Staubwolke hinterlassen hat, in deren Mitte der unfreundliche Kerl mir wild gestikulierend den Stinkefinger zeigt.

Ich schnaube. »Selber schuld, du Idiot.«

»Wer ist ein Idiot?«, will Mika wissen, der aufgewacht ist und sich die Augen reibt.

»Nur ein Mann, den ich nach dem Weg gefragt habe«, antworte ich und verspreche, dass wir gleich da sind.

Nicht gleich, sondern erst nach einer längeren Irrfahrt erreichen wir eine halbe Stunde später endlich das feudale Sommerhaus meiner Schwester.

»Du hättest erst an der zweiten Kreuzung abbiegen dürfen«, belehrt Valentine mich und knutscht ihren Neffen ab, dem ihre feuchten Küsse offensichtlich nicht schmecken.

Immer wieder wischt er sich mit dem Handrücken über die Wangen und schaut mich flehend an. Sein Blick signalisiert mir, meiner Schwester Einhalt zu gebieten.

Und das tue ich auch. »Nun lass ihn doch erst mal in Ruhe. Merkst du denn nicht, dass er das nicht mag?«

Valentine lässt von ihm ab. »Er ist wohl kein Schmuser. Das hat er offensichtlich von seinem Vater.«

»Quatsch, Mika hat die ganze Zeit geschlafen und ist noch nicht ganz wach.«

»Dann kommt mit in den Garten. Um das Gepäck kümmern wir uns später.«

Wir folgen meiner Schwester, die uns im Gehen erklärt, dass der weiße Friesenzaun, der das riesige Areal ihrer Sommerresidenz einfasst, gerade erst fertig geworden sei.

»Hat Arne ihn selbst montiert?«, erkundige ich mich, obwohl ich mir nicht vorstellen kann, dass mein Schwager zu so einer handwerklichen Leistung fähig ist. Er hat bekanntlich zwei linke Hände, was aber nicht tragisch ist, da er zu den Topverdienern gehört, die es sich leisten können, einen

Handwerker zu beauftragen, selbst wenn es nur darum geht, einen Nagel in die Wand zu schlagen.

Valentine kichert. »Natürlich nicht, du kennst doch Arne.«

»Wo steckt er denn?«, will ich wissen, als ich bemerke, dass meine Schwester lediglich zwei Gedecke aufgelegt hat.

Sie antwortet mit einer Gegenfrage. »Na, wo wohl? Er ist in Hamburg in der Firma und kommt, wenn überhaupt, erst am Wochenende her.«

Das höre ich gern. Wenn wir allein sind, muss ich aus meinem Herzen keine Mördergrube machen und kann ihr frei von der Leber weg von meinem Gefühlschaos berichten.

Meine Nichte Muriel erscheint auf der Terrasse und begrüßt uns. Noch macht die Elfjährige ein freundliches Gesicht. Als jedoch Valentine ihrer Tochter aufträgt, ihr Zimmer für uns zu räumen, ist es vorbei mit ihrer guten Laune.

»Vergiss es, Mama. Ich teile mir bestimmt kein Bett mit meinem kleinen Bruder! Wieso kann Mika nicht bei Joshi schlafen?«

»Ich diskutiere das nicht weiter mit dir. Mach es einfach«, erklärt meine Schwester in einem Ton, der keinen Widerspruch duldet.

Eingeschnappt stolziert Muriel ins Haus.

Mika scheint zu spüren, dass wir bei seiner großen Cousine nicht willkommen sind. Zaghaft zerrt er an meinem Ärmel und flüstert: »Können wir bitte wieder nach Hause zu Papa fahren?«

Sein Wunsch trifft mich mitten ins Herz. Zum Glück biegt Joshi um die Ecke. Der Erstklässler strahlt über das ganze Gesicht, als er uns entdeckt. »Komm mit, Mika, ich will dir was zeigen.«

Mein Sohn rennt sofort los.

»Wo laufen sie denn hin?« Beunruhigt erhebe ich mich vom Stuhl und will ihnen folgen.

»Entspann dich, Schwesterchen. Die beiden können nicht abhauen. Das Grundstück ist besser gesichert als Alcatraz.«

Entspannen klingt nach einem Vorschlag, den ich sogleich beherzigen will. Ich lege den Kopf in den Nacken, schließe die Augen und sauge die salzige Seeluft tief in mich hinein. Schon nach dem dritten Atemzug werde ich lockerer.

DIE UNERTRÄGLICHE STILLE

MAREK

Die Stille im Haus ist unerträglich. Seit Stunden starre ich auf mein Handy, in der Hoffnung, dass es klingelt und Inga mir erklärt, alles sei bloß ein großer Irrtum. »Wollen wir den Urlaub nicht lieber nutzen, um uns wieder näherzukommen?«, schlägt sie in meiner Einbildung vor und spricht das aus, was auch ich mir für die kommenden zwei Wochen fest vorgenommen hatte. Aber mein Telefon gibt keinen Mucks von sich.

Stattdessen schellt es an der Tür. Meinen ersten Gedanken, dass sie zurückgekommen sind, verwerfe ich sofort wieder. Inga würde nicht klingeln. Warum auch? Schließlich hat sie einen Schlüssel.

Ich ignoriere den Störenfried und bleibe auf dem Sofa liegen. Erst als ich die Umrisse einer Person wahrnehme, die am Wohnzimmerfenster vorbeischleicht, setze ich mich auf.

Irene tritt auf die Terrasse und hält einen Wasserschlauch in der Hand. Gerade überlege ich, ob ich mich bemerkbar machen sollte, aber unsere hilfsbereite Nachbarin hat mich bereits entdeckt.

»Hab ich dich geweckt? Wenn ja, dann tut es mir leid.«

Nun habe ich keine Wahl mehr und gehe hinaus zu ihr.

»Na, schon alles gepackt?«

Ich schüttle den Kopf und will ihr den Schlauch aus der Hand nehmen. »Du musst das nicht machen.«

Irene lacht. »Du bist ein patenter Mann, Marek, aber von Gartenarbeit hast du leider keine Ahnung. Sieh doch nur. Die schönen Blumen lassen schon die Köpfe hängen. Bei diesem Wetter muss man täglich wässern. Am besten zweimal. Morgens, bevor die Sonne scheint, und abends, wenn sie nicht mehr heiß brennt.«

Ich stöhne laut auf. »Ich hätte mich schon noch darum gekümmert.«

»Aber ich mache das wirklich gern«, versichert mir die rüstige Seniorin. »Außerdem habe ich es Inga versprochen. Ich kümmere mich auch um eure Post und stelle den Mülleimer raus, bis ihr wieder da seid.«

Kümmere dich um deine Angelegenheiten und lass mich in Ruhe, möchte ich sie anschreien. Aber weil ich mich gewöhnlich nicht im Ton vergreife, halte ich auch jetzt den Mund und lasse sie gewähren.

Während ich ins Haus zurückschlurfe, knurrt mein Magen so laut, dass ich fast das Summen meines Handys überhört hätte. Doch entgegen meiner Hoffnung habe ich nur eine Kurzmitteilung von Claudius erhalten. Er will sich mit mir treffen.

Im Clubhaus um acht?

Ich antworte ihm nicht, sondern schmiere mir in der Küche eine Scheibe Brot. Die Stulle ist das Erste, was ich heute esse. Um sie herunterzuspülen, nehme ich eine Flasche Milch aus dem Kühlschrank, verzichte auf ein Glas und trinke direkt aus der Flasche, so wie Singlemänner es machen.

»Fertig«, ruft Irene von draußen.

Ich setze die Buddel ab und drehe mich um.

»Kannst du das entsorgen?«, bittet sie mich und kommt herein. Sie hält einen kleinen Eimer in der Hand, in dem sich vertrocknete Blätter und Blüten befinden. »Wenn man sich die Mühe macht, die verblühten Rosen abzuknipsen, blühen sie ein zweites Mal«, klärt mich die Hobbygärtnerin auf.

Mein Bedarf an Rosen ist für heute hinreichend gedeckt. Dennoch bedanke ich mich und nehme ihr den Eimer ab.

»Schläft Mika schon? Es ist so still im Haus.«

Langsam beschleicht mich das Gefühl, dass sie so listig nachfragt, obwohl sie bereits im Bilde ist. Was soll's? Ich sage es frei heraus. »Nein, er ist mit seiner Mutter an die Ostsee gefahren. Die beiden verbringen den Urlaub bei Valentine im Sommerhaus.«

Ihr erstaunter Blick signalisiert mir, dass ich mich geirrt habe. Irene war völlig ahnungslos.

»Du musst auch nicht den Briefkasten leeren. Ich bin ja hier und kümmere mich darum.«

Obwohl ich ihr keinen Platz angeboten habe, setzt sie sich und schaut mich mitfühlend an. »Was ist denn hier los?«

Ich zucke mit den Achseln. Obwohl Irene mehr als nur eine Nachbarin für uns ist, will ich mich ihr nicht anvertrauen. Vermutlich würde sie sich sowieso auf Ingas Seite stellen. Die beiden kennen sich, seit die *Mutter meines Sohnes* ein Kind war.

»Muss ich mir Sorgen machen?«, hakt sie nach und wirkt aufrichtig betroffen.

»Dazu besteht kein Grund. Bitte, sei mir nicht böse, aber ich muss jetzt los. Ich habe eine Verabredung.«

»Wimmle mich nicht ab! Ich spüre doch, dass hier etwas nicht stimmt.«

»Nicht jetzt, Irene. Ich habe es wirklich eilig.«

»Mit wem bist du verabredet? Ich hoffe inständig, dass du deine Familie nicht an die Ostsee verfrachtet hast, um dich hinter ihrem Rücken mit einer anderen Frau zu vergnügen.«

So langsam, aber sicher geht sie mir mit ihrer aufdringlichen Fragerei auf den Geist. »Irene, du spinnst.«

Ich habe meine Beleidigung gerade ausgesprochen, als mein Handy klingelt. Es ist Claudius. Sein Anruf kommt mir sehr gelegen. Ich nehme ihn an und stelle das Telefon auf Mithören.

»Hast du meine SMS bekommen?«

»Ja, hab ich. Ich wäre schon längst unterwegs, wenn meine Nachbarin mich nicht aufhalten würde«, antworte ich, lege auf und blicke Irene ernst an. »Bist du jetzt zufrieden?«

»Zufrieden und erleichtert«, bestätigt sie und wählt den Rückweg durch den Garten.

Nun habe ich keine Wahl mehr. Ich hole meinen Drahtesel aus der Garage und radle zum Ruderclub. Doch als ich dort ankomme, bringe ich es nicht fertig, ins Vereinsheim zu gehen. Etwas in mir sperrt sich, meine alte Wirkungsstätte aufzusuchen. Stattdessen rufe ich Claudius an. »Komm raus, wenn du mich auf einen Drink begleiten willst.«

Unter Schwestern

Inga

Muriel ist zufrieden. Sie hat ihren Willen durchgesetzt und darf ihr Zimmer behalten. Mika ist bei Joshi untergekrochen. Mein Sohn war darüber sogar so glücklich, dass er freiwillig auf seine Gutenachtgeschichte verzichtet hat.

Ich schaue noch einmal nach ihm und überzeuge mich, dass er schläft, bevor ich mich zu meiner Schwester auf die Terrasse geselle.

Valentine hat bereits eine Flasche Wein für uns geöffnet. Auf dem Tisch, an dem sie sitzt, steht neben den Gläsern auch eine Käseplatte mit Weintrauben. Mehrere Windlichter tauchen den Außenbereich in warmes Licht.

»Ihr habt es wirklich schön hier«, schwärme ich und lasse meinen Blick über das riesige Grundstück schweifen. Im Norden grenzt es an Wiesen und Felder, im Süden schließt es an den Naturstrand an.

So ein Anwesen in absoluter Alleinlage ist eine Rarität. Meine Schwester sollte sich glücklich schätzen, die Sommer hier in ihrem eigenen Haus verbringen zu dürfen. Aber ihrem gelangweilten Gesichtsausdruck nach hält sich ihre Begeisterung in Grenzen. »Es ist ganz nett geworden.«

Ganz nett? Ich weiß, dass Valentine nicht zur Euphorie neigt. Sie war schon als Kind die Stillere von uns beiden. Während ich an Weihnachten bei der Bescherung völlig ausgeflippt bin, stand sie milde lächelnd in der Ecke und hat ein leises »Danke« gehaucht.

»Etwas mehr Enthusiasmus!«, fordere ich und greife zum Glas, in dem ein Rotwein atmet, der garantiert mehr als hundert Euro pro Flasche kostet.

»Das Leben ist zu kurz, um billigen Wein zu trinken«, hatte Arne überheblich verkündet, als ich Marek damals meiner Familie vorgestellt habe. Ich weiß es noch wie heute, dass Mikas Vater belustigt die Augen verdrehte und konterte: »Wenn das ein Zitat von Johann Wolfgang von Goethe sein soll, muss ich dich korrigieren, Arne. Goethe sprach nicht von *billigem,* sondern von *schlechtem* Wein.«

Damit hatte er meinem snobistischen Schwager eine volle Breitseite verpasst. Fortan hielt Arne sich mit Zitaten zurück.

Warum denke ich schon wieder an Marek?

Ich weiß, wieso. Weil ich hergekommen bin, um über ihn zu sprechen. Ich wollte Valentine mein Herz ausschütten. Sie ist der einzige Mensch, dem ich mich restlos anvertrauen kann.

Also fang an, befiehlt mir meine innere Stimme. *Erzähl ihr von dem Zwiespalt, in dem du dich befindest.*

Ich suche noch nach den richtigen Worten, als Valentine von sich aus das Thema aufgreift. Sie sieht mich nachdenklich an. »Dass du es tatsächlich tun würdest, hätte ich nie gedacht. Ich bewundere dich für deine Courage, kleine Schwester. Wie gern wäre ich nur halb so mutig wie du.«

Ich und mutig?

Frustriert lache ich auf. »Wäre ich mutig gewesen, hätte ich sofort mit Marek gesprochen und meine Entscheidung nicht bis zum letzten Tag hinausgezögert.«

»Wie hat er reagiert?«

Ich seufze, denn der Moment unserer Verabschiedung läuft gerade wie ein Film vor mir ab. »Er war sehr traurig.«

»Das warst du auch während der letzten Monate. Ruf dir mal ins Gedächtnis, wie mies du dich an seiner Seite gefühlt hast. Du standest kurz davor, innerlich zu erstarren.«

Ich denke daran und sofort überkommt mich diese tiefe Traurigkeit. Es ist ein verdammt bitteres Gefühl, wenn man erkennt, nicht mehr geliebt zu werden.

»Habt ihr schon besprochen, wie es nach dem Urlaub weitergehen soll?«

Ratlos schüttle ich den Kopf.

Valentine drückt ermutigend meine Hand. »Das wird schon, Inga. Du warst von jeher eine Macherin, die stets wieder auf die Füße gefallen ist.«

Ist das gut oder schlecht? So, wie Valentine das sagt, klingt es eher nach einem Tadel als nach einem Lob.

Die erste Flasche Wein leert sich schnell. Aber meine Schwester um Nachschub zu bitten, kommt mir angesichts des hohen Preises nicht über die Lippen. »Ich bin müde. Wo kann ich schlafen?«

Valentine bietet mir den freien Platz in ihrem Ehebett an. »Wir haben uns ein Wasserbett zugelegt. Das wird dir gefallen. Seit dieser Anschaffung schlafe ich jede Nacht durch.«

Ich kann mich nicht mehr erinnern, wann ich das letzte Mal eine Nacht durchgeschlafen habe. Erst habe ich stundenlang wach gelegen und nachgedacht, kurz darauf bimmelte bereits der Wecker und ich musste aufstehen, um pünktlich im Büro zu erscheinen.

Dankbar nehme ich das Angebot meiner Schwester an.

Bisher habe ich es noch nicht geschafft, unseren Koffer auszupacken, und auch jetzt habe ich keine Lust mehr dazu. Ich greife mir lediglich den Kulturbeutel und verschwinde damit im Master-Bad.

Vor einem opulenten Kristallspiegel putze ich mir die Zähne, als ich plötzlich Muriels Stimme wahrnehme.

»Stimmt es, was ich gehört habe? Inga und Marek lassen sich scheiden?«, fragt sie ihre Mutter.

Mir rutscht augenblicklich das Herz in die Hose. Wieso schläft das Kind nicht?

»Nein, die beiden können sich nicht scheiden lassen, weil sie gar nicht verheiratet sind«, erklärt meine Schwester ihrer Tochter.

»Aber sie trennen sich. Ich hab doch gehört, wie ihr darüber gesprochen habt.«

Ich reiße panisch die Tür auf. »Kein Wort zu Mika! Versprich es mir, Muriel!« Meine Bitte klingt eher nach dem Befehl eines Feldwebels.

Eingeschüchtert verzieht sich meine Nichte zurück in ihr Zimmer.

»Sie wird doch wohl dichthalten?«, vergewissere ich mich bei Valentine. Auf keinen Fall darf Mika schon jetzt von meinen Plänen erfahren. Er soll die Zeit an der See unbekümmert genießen. Das große Elend kommt noch früh genug auf ihn zu.

Valentine nickt. »Dafür werde ich sorgen. Verlass dich drauf.«

Minuten später liege ich das erste Mal in meinem Leben auf einem Wasserbett. Noch weiß ich nicht, ob mir das Schaukeln gefällt. Eigentlich bevorzuge ich eine feste Unterlage. Eine harte Matratze, die nicht bei jeder Bewegung nachgibt. Das hat durchaus Vorteile, erinnere ich mich schwach.

»Ist das nicht genial?«, jubelt Valentine und wirft sich auf die Seite.

Die Wucht der Wellen, die unter uns tobt, ist so heftig, dass mir ganz schwindelig wird. Trotzdem kichere ich.

»Das ist doch viel besser als Sex, oder?«, fragt sie und robbt auf dem Bett herum, um weitere Schwingungen zu erzeugen.

»Bitte?« Ich kann nicht glauben, dass meine prüde Schwester gerade den gleichen Gedanken hegt wie ich.

»Auf jeden Fall ist es eindeutig besser als der Sex mit Arne«, fügt sie trocken an. »Er ist ein begnadeter Geschäftsmann. Er hat ein Gespür dafür, wie man Geld machen kann. Aber im Bett? Da kannst du ihn getrost vergessen.«

Das glaube ich ihr aufs Wort.

Unter Freunden

Marek

»Wer von uns beiden ist denn nun das Mädchen? Stell dich nicht so an und komm mit rein. Hier frisst dich schon niemand auf«, blafft Claudius mich unerwartet selbstbewusst an.

Natürlich fürchte ich mich nicht, gefressen zu werden. Es sind vielmehr die Erinnerungen an diesen Ort, die an mir nagen.

Hier begann meine sportliche Karriere, bis ich meine vielversprechende Laufbahn als Schlagmann vor fünf Jahren abrupt beendet habe.

Die Entscheidung für Frau und Kind war mir gewiss nicht leicht gefallen. Allerdings habe ich sie bisher noch keinen einzigen Tag bereut.

Das Einzige, was mir immer noch leidtut, ist die Tatsache, dass ich mein Team im Stich gelassen habe. Kurz vor dem entscheidenden Rennen setzten bei Inga die Wehen ein und ich gab das Ruder ab. Damit hatte es sich mit der Qualifikation für die Teilnahme an den Olympischen Spielen für die drei unwiderruflich erledigt.

Das werden die Jungs mir nie verzeihen.

Unweigerlich trete ich einen Schritt zurück, woraufhin Claudius endgültig die Geduld verliert.

Wie einen verängstigten Hund, der Panik vor dem Tierarzt schiebt und von seinem Herrchen an der Leine über die Schwelle gezogen werden muss, packt mein ehemaliger Teamkollege meinen Arm und drückt mich mit ganzer Kraft durch die Tür.

Die meisten Gesichter, die zu mir hochschauen, sind mir fremd. Ihrem Alter nach zu urteilen handelt es sich vornehmlich um Junioren, die sich hier versammelt haben, um nach dem kräftezehrenden Training noch eine Schorle zu kippen.

»Bahlburg, du alte Socke«, tönt es plötzlich vom hinteren Tisch.

Ohne hinzusehen, weiß ich, dass Moritz durch das Clubhaus grölt. Er springt sofort auf und stürmt auf mich zu. Nach einem kräftigen Schulterklopfer weiß ich, dass er kein Problem mit mir hat.

Anders verhält es sich bei Hendryk. Er versagt mir den Handschlag. Stattdessen ruft er den Wirt und bittet um die Rechnung.

»Meinetwegen musst du nicht abhauen. Ich kann auch wieder gehen«, biete ich ihm an.

»Bleib nur«, zischt er und steht auf. »Die beiden Luschen haben sich so auf dich gefreut.« Statt sich verbal zu verabschieden, klopft er auf den Tisch, marschiert schnurstracks zum Tresen und zahlt seine Zeche.

»Er ist immer noch ein Arschloch«, schimpft Moritz ihm hinterher, bevor er mich ansieht. »Setzen wir uns.«

Ich bereue es zutiefst, hergekommen zu sein. »Es war ein Fehler.«

Moritz sieht das anders. »Der einzige Fehler, den du begangen hast, war der, dass du einfach in der Versenkung verschwunden bist. Verdammt, Bahlburg, es ist so schön, dich endlich wieder zu treffen.«

Seine Worte lindern meine Anspannung etwas, weshalb ich mich schließlich doch entschließe, Platz zu nehmen.

Moritz mustert mich erwartungsvoll. »Erzähl doch mal. Wie geht es dir? Was machst du?«

Soll ich den beiden jetzt wirklich von meinem traurigen Leben berichten? Mich nach fünf Jahren outen und ihnen gestehen, dass ich gerade von Frau und Kind verlassen wurde? Nein, besser lasse ich Moritz den Vortritt.

Er lässt sich nicht lange bitten. »Bis vor einem Jahr habe ich Pakete ausgefahren. Ich war der schnellste und zuverlässigste Kurier der Stadt.«

Ich kann nicht glauben, was der ehemals beste Bugmann gerade erzählt. »Kurierfahrer? Du nimmst mich auf den Arm. Du hast doch Architektur studiert.«

Moritz grinst. »Stimmt! Sogar mit Abschluss. Jetzt verdiene ich wieder als Planer meine Brötchen.«

Ich wende mich Claudius zu. »Und du? Hast du dein Jurastudium beendet?«

Er schüttelt den Kopf. »Aber ich bin trotzdem ein gemachter Mann. Vor euch sitzt ein stinkreicher Profiteur«, kichert er und winkt die Bedienung heran. »Bring uns die beste Flasche Whisky, die ihr habt, und schreib sie auf meinen Deckel.«

Ich schlage Claudius mit der flachen Hand auf den Bauch. »Whisky? Ist der etwa für deine ausgewachsene Molle verantwortlich?«

»Scotch ist der beste Seelentröster ever«, seufzt er und setzt seinen Gedanken tränenerstickt fort. »Mein Schatz hat mich auf den Geschmack gebracht.« Er macht eine lange Pause, bevor er mit brüchiger Stimme hinzufügt: »Vor sechs Wochen ist er gestorben.«

Betreten schauen Moritz und ich uns an, doch Claudius hat sich schnell wieder im Griff. »Er hat mich großzügig in seinem Testament bedacht. Also kein Grund, Trübsal zu blasen, Jungs.«

»Sprich in meiner Gegenwart nicht vom Blasen«, herrscht Moritz ihn an.

Ich muss aus voller Brust lachen. Das erste Mal an diesem Tag.

Claudius schnaubt. »Wenn ihr eure feuchten Gedanken mal für einen Moment beiseiteschieben könntet, würde ich das gern weiter ausführen«, kontert die Diva.

»Wir sind ganz Ohr«, vermeldet Moritz mit dem nötigen Ernst, während der Wirt die Flasche Scotch und drei Gläser serviert. Die Frage nach Eis und Soda beantworten wir synchron mit: »Nein, danke.«

Ich bin so frei und schenke uns ein. Mir deutlich weniger als den beiden, denn ich mag keinen Whisky.

»Ich war Georges ganz große Liebe«, erklärt Claudius wehmütig, lehnt sich zurück und spreizt vornehm den kleinen Finger seiner linken Hand, als er den Whiskybecher umfasst.

Lass das alberne Getue, liegt mir auf der Zunge, aber statt ihn zu maßregeln, höre ich ihm aufmerksam zu.

»George war soooo fett.« Um seine Aussage zu untermauern, demonstriert er mit ausgestreckten Armen den Abstand von einem Meter.

Moritz lacht. »Jetzt übertreib mal nicht.«

Claudius macht sich gerade. »Klingen drei Millionen etwa übertrieben?«

Uns verschlägt es die Sprache.

Moritz findet vor mir seine Stimme wieder. »Der Typ hat dir drei Millionen Euro hinterlassen?«

»Euros und britische Pfund. Einen Großteil sogar in bar. Nun kommt ihr ins Spiel. Ihr müsst mir helfen, mein Erbe seriös zu investieren. Ich habe vor, euch eine ansehnliche Summe anzuvertrauen, die ihr nach und nach auf ein bestimmtes Konto überweisen sollt.«

Ich habe immer noch das Gefühl, dass Claudius uns auf dem Arm nimmt.

Auch Moritz kommen Zweifel an dieser unglaublichen Geschichte. »Handelt es sich etwa um schmutziges Geld? Bei aller Freundschaft, aber mit kriminellen Geschäften will ich nichts zu tun haben.«

Claudius lacht laut auf. »George war kein Drogenbaron, sondern ein erfolgreicher Geschäftsmann. Er hat in zahlreiche innovative Unternehmen investiert. Auch in meins. So haben wir uns kennengelernt.« Er zückt sein Handy und zeigt uns Fotos von seinem Gönner, der zwar deutlich älter war als unser schwuler Freund, aber viel zu jung, um schon abzutreten. »Er wollte uns in Hamburg eine Wohnung kaufen, damit wir immer einen Rückzugsort haben, wenn mich mal wieder das Heimweh plagt.«

»Dann kauf doch die Immobilie. Wozu brauchst du uns?«, fragt Moritz und starrt mich so lange auffordernd an, bis ich ihm zustimme.

»Seit der letzten Anpassung dieses unsäglichen Geldwäschegesetzes akzeptiert keiner mehr so hohe Summen Bargeld. Außerdem will ich die Wohnung gar nicht mehr. Sie würde mich doch nur schmerzlich an George erinnern. Andererseits kann ich nicht ständig mit diesem Geldkoffer durch die Gegend reisen.« Claudius deutet auf eine braune Aktentasche, die ungesichert und für jeden frei zugänglich neben seinem Stuhl steht.

»Schleppst du etwa die ganze Kohle mit dir herum?«, stoße ich entgeistert hervor. »Bist du noch zu retten?«

»Pst!«, herrscht der Millionär mich an. »Schrei doch nicht so! Es müssen ja nicht alle mitkriegen.«

Dafür ist es zu spät. Die anwesenden Junioren haben jedes Wort mitgehört und starren ausnahmslos zu uns rüber.

»Lasst uns hier verschwinden«, schlägt Moritz vor, schnappt sich die Pulle Whisky und fordert uns auf, ihm zu folgen.

»Wo willst du denn hin?«, erkundigt sich Claudius, der sich die Tasche krallt und ihm wie ein Hündchen hinterhertappt.

Das würde mich auch interessieren.

Moritz schiebt die Tür auf. »Wir fahren zu mir ins Büro. Dort habe ich einen Safe, wo du den Schotter vorübergehend deponieren kannst.«

Claudius nickt erfreut. »Du bist ein echter Kumpel.«

Mit einem amüsierten Kopfschütteln stiefelt Moritz zu einem dunklen Audi und öffnet die Wagentüren per Knopfdruck. »Nun kommt schon, bevor uns noch jemand den Schädel einschlägt, weil er es auf den Koffer abgesehen hat.«

»Ich bin mit dem Rad hier. Fahrt ohne mich«, erkläre ich. Aber Moritz besteht darauf, dass ich mitkomme.

Er schnappt sich mein Bike, um es in den Kofferraum zu verfrachten. Als sich die Haube hebt und Claudius uns nicht mehr sehen kann, flüstert er mir zu: »Du wirst mich doch wohl nicht mit diesem durchgeknallten Millionär allein lassen.«

Seine Augen funkeln vor Belustigung, aber ich kann auch die alte Enttäuschung in seinem Blick erkennen.

Ich habe ihn schon einmal hängen lassen. Ein zweites Mal passiert mir das nicht.

Nie hätte ich gedacht, dass Moritz noch immer in dem kleinen Kaff westlich von Hamburg wohnt, in dem er aufgewachsen ist. Wenn ich an ihn gedacht habe, was in den ersten Jahren häufiger vorkam, bin ich davon ausgegangen, dass er in irgendeiner Großstadt Karriere gemacht hat.

Er lacht, als ich ihm davon erzähle. »Nee, der Großstadtdschungel war nichts für mich. In den Metropolen geht es zu wie in einem Haifischbecken. Ich habe dort bittere Erfahrungen gemacht, auf die ich gern verzichtet hätte.«

Ich will wissen, von welchen Erfahrungen er spricht.

Ohne Umschweife fasst er die Ereignisse der letzten Jahre zusammen. »Ich bin pleitegegangen, hab meine Ehe in den Sand gesetzt und musste mein Haus verkaufen.«

Seine Offenheit verblüfft mich. »Das tut mir leid«, versichere ich ihm aufrichtig.

»Du musst mich nicht bedauern. Ich habe die Kurve gekriegt. In meinem Heimatstädtchen habe ich noch einmal neu angefangen und mich nach einem Ausflug in die Welt der Kurierfahrer erneut als Architekt versucht. Diesmal läuft es bedeutend besser.«

Ich rechne fest damit, dass ich nun die Karten auf den Tisch legen soll. Aber zu meiner Erleichterung stellt Moritz keine Fragen.

Claudius verhält sich verdächtig ruhig. Ich vermute, dass er bereits auf der Rückbank eingeschlafen ist.

Wortlos kutschieren wir durch die Dunkelheit.

Nach einer endlos erscheinenden Fahrt durch das Alte Land kommen wir nach einer Stunde an.

Es stellt sich heraus, dass es ein großer Fehler war, Claudius den Whisky zu überlassen, denn er hat die Flasche zwischenzeitlich bis auf den Grund geleert und schnarcht selig vor sich hin. Wir brauchen ein paar Anläufe, um ihn zu wecken.

»Trink du den Rest«, lallt er beim Aussteigen, bevor er kopfüber auf den Bürgersteig stürzt.

Entgeistert springe ich aus dem Wagen. »Der ist ja hackevoll.«

Moritz eilt mir zur Hilfe, um die Schnapsdrossel aufzurichten. »Kein Wunder. Er hat schon seit dem frühen Abend wie ein Weltmeister gepichelt.«

Claudius wimmert: »Ich bin in Trauer, Jungs. Habt doch Verständnis.«

Wir bringen durchaus Verständnis auf. Trotzdem ist es nicht leicht, Claudius' besoffenen Hintern nach oben in Moritz' Büro

44

zu schleppen. Immerhin verfügt ein Raum über ein lederbezogenes Sofa, auf dem wir das Schwergewicht ablegen können.

Von der nachfolgenden Unterhaltung bekommt Claudius nichts mit. Er sägt schon wieder wie ein Sägewerk.

»So laut wie er schnarcht, muss George ihn wirklich sehr geliebt haben«, frotzele ich und folge Moritz in die Pantry, während ich mich staunend umsehe. »Chapeau! Noble Geschäftsräume hast du.«

Moritz lächelt stolz. »Seit einem Jahr geht es beruflich endlich wieder bergauf.«

»Nur beruflich?«, hake ich nach.

»Du fragst mich nach meinem Privatleben? Frag lieber nicht, Marek.« Er deutet auf einen Kaffeevollautomaten. Genau so ein Teil hat sich die *Mutter meines Sohnes* immer gewünscht.

»Espresso?«

»Sehr gerne«, stimme ich zu.

Während der Automat laut dröhnend die Kaffeebohnen mahlt, unterzieht Moritz mich einer eingehenden Musterung. »Was ist los mit dir? Dich bedrückt doch was.«

Ich spiele meinen Kummer herunter. »Alles halb so schlimm.«

Obwohl wir uns lange Zeit nicht mehr gesehen haben, kennt Moritz mich noch immer aus dem Effeff.

»Du weißt, dass ich immer ein offenes Ohr für dich habe. Das war früher schon so und das gilt auch heute noch.«

Nach seinem freundlichen Angebot, mich ihm anzuvertrauen, schnappt er sich den Geldkoffer und verschließt ihn im Tresor. Anschließend öffnet er eine Schranktür und holt eine Wolldecke aus dem Fach. Meinen fragenden Blick beantwortet er sofort. »Ich habe hier schon oft übernachtet.«

Nachdem er Claudius zugedeckt hat, marschiert er zum Empfang, nimmt ein Blatt Papier aus dem Drucker und greift zum Stift. Ich schaue ihm über die Schulter, während er eine Nachricht für die Schnapsleiche schreibt:

> *Du warst voll wie hundert Russen. Marek und*
> *ich sind bei mir zu Hause. Ruf an, wenn du*
> *wieder nüchtern bist.*
>
> *PS: Kopfschmerztabletten findest du im*
> *Küchenschrank.*

ALCATRAZ

INGA

Während ich die Morgensonne auf der Terrasse genieße und schon die zweite Tasse Kaffee trinke, schreibt Valentine einen Einkaufszettel. Dabei schaut sie immer wieder auf und betrachtet mich nachdenklich.

»Was geht dir durch den Kopf?«, erkundige ich mich.

»Ich überlege, womit ich dir eine Freude machen könnte. Was hältst du davon, wenn wir in den Ort fahren und einen ausgiebigen Bummel machen? Es gibt dort eine nette Boutique, in der ich dir gern ein neues Oberteil spendieren möchte.«

»Was stimmt nicht mit meinem Shirt?«, frage ich pikiert und schaue an mir herunter.

»Damit ist alles in Ordnung. Ich möchte dir nur gern etwas Gutes tun. Ich weiß doch, dass du es nicht mehr so dicke hast, seitdem du Alleinverdienerin bist. Es wird Zeit, dass du dir mal was Schönes gönnst.«

Obwohl ich weiß, dass Valentine es nicht böse meint, ärgere ich mich doch über ihren Spruch. Es liegt mir auf der Zunge, ihr zu antworten, dass ich im Gegensatz zu ihr eigenes Geld verdiene und mich nicht aushalten lasse. Aber wenn ich ihr das an den Kopf knalle, kann ich auch gleich meinen Koffer nehmen und wieder abreisen. Insofern schweige ich.

»Also abgemacht?«, fragt meine Schwester eifrig.

Ich hole tief Luft. »Ich komme gern mit.«

Valentine jubelt. Sie beugt sich vor und flüstert mir geheimnisvoll zu. »In dem Laden gibt es auch ganz aufregende Dessous. Keine ordinären Nuttenfummel, sondern ganz zauberhafte Teile aus Seide und Spitze.«

»Ich mag keine Spitze, die kratzt«, erwidere ich, erhebe mich und bringe meine Tasse in die Küche.

Joshi kommt angeflitzt und zieht am Saum meines Shirts, das seiner Mutter offensichtlich nicht gefällt. »Du, Inga? Darf Mika mit mir Fahrrad fahren?«

»Sein Rad ist zu Hause in Hamburg«, erkläre ich meinem Neffen und streiche ihm zärtlich über seinen dunkelbraunen Lockenkopf.

»Er kann meins haben. Ich fahre mit Muriels.«

Ich überlege kurz. »Aber nur hier auf dem Grundstück.«

Joshi zieht eine Schnute. »Auf dem Rasen dürfen wir nicht fahren. Das hat Papa uns verboten. Bitte sag Ja. Wir bleiben auch nur auf dem Weg vor dem Haus.«

Da hier keine Autos fahren, kann ich es getrost erlauben. »Okay, aber ich komme mit.«

Kurz darauf treffe ich die beiden Radler vor dem Tor.

»Die geht nicht auf«, ruft Mika und rüttelt ungeduldig an der Klinke. Auch mir gelingt es nicht, die schwere Holzpforte zu öffnen.

»Ist wohl abgeschlossen«, mutmaßt Joshi und rennt ins Haus. Von Valentine gefolgt kehrt er zurück.

»Ich sperre abends immer ab, wenn Arne nicht da ist«, erklärt meine Schwester und steckt den Schlüssel ins Schloss.

Ich höre ein lautes Knackgeräusch. Gleich darauf brüllt die Großgrundbesitzerin los. »Verdammter Mist! Ich habe Friedrich gleich gesagt, dass mit dem Schloss irgendetwas nicht stimmt. Es hat von Anfang an gehakt. Jetzt haben wir den Salat. Der

Schlüssel ist abgebrochen. Und was noch viel schlimmer ist: Wir kommen jetzt nicht mehr raus.«

Mit schnellen Schritten sprintet Valentine ins Haus.

»Deine Mutter ist noch ganz schön flink für ihr Alter«, spotte ich, obwohl Valentine nur fünf Jahre älter ist als ich.

Mein Neffe widerspricht. »Papa sagt, Mama wäre eine lahme Ente. Fett sei sie auch. Sie würde einen guten Weihnachtsbraten abgeben.«

Joshi lacht. Mika fällt mit ein, obwohl ich mir sicher bin, dass er gar nicht verstanden hat, welche Ungeheuerlichkeit sich mein Schwager mit dieser beleidigenden Äußerung geleistet hat.

»Das war nicht nett von Arne«, erwidere ich tadelnd und folge meiner Schwester, während die Jungs im Garten bleiben.

Valentine steht in der Küche. Sie hält sich das Handy ans Ohr und zieht ein Gesicht. »Mailbox. Na, der kann was erleben!«

Ich gehe davon aus, dass sie dem Zaunbauer eine Nachricht hinterlässt. Und richtig. Aber das, was er zu hören bekommt, ist kein Einlauf, wie ich ihm einen verpasst hätte, wäre er mein Handwerker gewesen, sondern ein liebliches Gesäusel. »Friedrich, ich bin's«, haucht sie ins Telefon. »Bitte, komm schnell her. Du musst uns befreien. Ich bin so ein Tollpatsch und hab den Torschlüssel abgebrochen.«

Sie legt auf und blickt mich irritiert an.

»Wieso warst du so weichgespült, *du kleiner Tollpatsch*?«

Ich habe noch nie gesehen, dass meine Schwester einen so hochroten Kopf bekommen hat wie jetzt. Er leuchtet intensiv wie ein Rubin.

»Ist dir plötzlich auch so heiß?«, fragt sie und zupft nervös an ihrem Ausschnitt herum.

»Netter Versuch«, erwidere ich auf ihr misslungenes Ablenkungsmanöver. »Los, sag schon! Wer ist dieser Friedrich?«

»Ein Nachbar, der uns bei den Arbeiten zur Hand geht.«

Mir ist sofort klar, dass mehr dahintersteckt. »Und wohin steckt er seine Hand, wenn Arne in Hamburg ist?«

Valentine zeigt sich empört. »Du hast ja einen Knall, Inga. Setz hier ja keine Gerüchte in die Welt.«

»Keine Sorge«, entgegne ich amüsiert.

Valentine ärgert sich sichtlich darüber, dass der Einkaufsbummel nun ins Wasser fällt. Mir hingegen ist es völlig egal, dass wir hier festsitzen. Ich hatte ohnehin keine Lust auf einen Ausflug.

Mit einem Buch in der Hand verziehe ich mich auf die Liege im Halbschatten. Hier ist der ideale Platz, einige Kapitel zu lesen. Aber schon nach drei Seiten schlage ich den Wälzer wieder zu. Viel lieber beobachte ich Mika und Joshi, wie sie versuchen, Federball zu spielen.

Nach zwanzig Minuten haben sie den Bogen raus. Ihnen gelingen ganze zwei Ballwechsel.

Ich applaudiere und lobe sie für ihr Durchhaltevermögen, denn ich hätte in ihrem Alter bereits nach dem dritten missglückten Versuch den Schläger in die Ecke geworfen.

»Aufgeben gilt nicht, sagt Papa immer. Ein Sportler muss immer weiter üben«, ruft Mika mir zu.

Ich nicke. »Er wäre sehr stolz auf dich, wenn er sehen könnte, wie toll du das machst«, antworte ich, als ich aus der Ferne Motorengeräusche wahrnehme, die stetig lauter werden.

»Friedrich ist gekommen«, ruft Joshi und rennt zum Tor. Mika folgt ihm nicht, sondern kommt zu mir.

Ich strecke meine Arme nach ihm aus, doch mein Sohnemann will nicht mit mir schmusen.

»Spielst du mit mir, Mami?«, bettelt er.

Wer kann diesem Blick widerstehen? Ich nicht, deshalb verlasse ich meinen gemütlichen Platz. Aber ich warne ihn. »Ich bin nicht halb so talentiert wie dein Papa.«

Mika zuckt mit den Schultern. »Dafür kannst du andere Sachen, Mama.«

»Zum Beispiel?«, frage ich neugierig und bücke mich, um den Schläger aufzuheben.

»Du kannst machen, dass wir gut träumen.«

Ich lache laut auf. »Wer sagt denn so was?«

»Na, Papa. Er sagt immer, dass du seine Traumfrau bist.« Augenblicklich bildet sich eine Gänsehaut, die meinen ganzen Körper befällt.

So? Sagt er das? Besser, er hätte seinen Worten mal Taten folgen lassen.

»Du bist dran, Mama.«

Nach wenigen Minuten bin ich bereits völlig aus der Puste.

»Ja, Mama!«, feuert Mika mich an, als ich gerade so einen Ball erwische.

Zwischenzeitlich hat Joshi die Lust daran verloren, dem Handwerker bei den Reparaturarbeiten zuzusehen.

»Das Schloss ist im Arsch«, ruft er über den Rasen.

Ich zucke zusammen. »Sag das nicht! Es heißt: Das Schloss ist kaputt oder es lässt sich nicht mehr reparieren. Bitte verzichte künftig auf diese Kraftausdrücke. Ich will nicht, dass Mika solche schlimmen Worte von dir lernt.«

Der Junior meiner Schwester zieht beleidigt ab. Wenn ich mich nicht verhört habe, hat er mich im Gehen gerade eine *blöde Kuh* genannt.

Kurz darauf erscheint Valentine im Garten. »Macht euch bitte fertig. Es geht gleich los.«

Verwundert frage ich, wie wir das Grundstück verlassen sollen, wenn sich das Tor nicht öffnen lässt.

»Friedrich bringt uns in den Ort. Allerdings müssen wir über den Zaun klettern.«

Ich verdrehe die Augen, denn ich habe noch immer keine Lust mitzukommen. Gerade will ich vorschlagen, dass sie ohne mich fahren soll und ich mit den Kindern hierbleibe, als Valentine ein Angebot macht, das die begeisterte Zustimmung der Zwerge erlangt. »Ich gebe einen Eisbecher aus.«

Dagegen kann ich natürlich nicht anstinken. Deshalb gehe ich hinein, hole meine Handtasche und trotte zum Eingang.

Ein olivgrüner Pick-up parkt vor dem Haus. Noch überlege ich, wie ich den hohen Zaun überwinden soll, ohne mir die Gräten zu brechen, als Friedrich sich zu erkennen gibt.

Ich schärfe meinen Blick, um ihn unbemerkt ins Visier zu nehmen. Das ist doch der unfreundliche Typ, der mich von seinem Privatgrund gejagt hat. Als er mich bemerkt, schaut er verschämt zur Seite.

»Darf ich vorstellen? Das ist meine Schwester Inga«, ruft Valentine ihm zu. »Das ist Friedrich, ohne den wir hier aufgeschmissen wären.«

Ich drehe mich zu ihr um und sehe, dass sie einen Hocker mitbringt. »Du musst uns nicht bekannt machen. Wir hatten bereits das Vergnügen«, informiere ich sie und stelle mich auf den Schemel.

»So? Wann denn das?«, fragt sie erstaunt nach.

Gleich nachdem ich auf der anderen Seite des Tors gelandet bin, antworte ich ihr. »Er war gestern so charmant und hat mir den rechten Weg gewiesen.«

Friedrich sieht mich aufmüpfig an. »Kann es sein, dass Sie von Beruf Cross-Fahrerin sind?« Er macht eine Handbewegung, wobei er mit Daumen und Zeigefinger einen Abstand von einem Zentimeter anzeigt. »Seit Ihrem spektakulären Kickstart liegt der Staub so dick auf meinen Fenstern.«

»Ups«, gebe ich belustigt zurück. »Ich spendiere Ihnen eine Flasche Glasrein.«

Dann reiche ich Valentine meine Hand, um ihr zu helfen. Doch sie schafft es, ohne meine Hilfe hinunterzuspringen.

»Erinnere mich daran, ihm was zum Fensterputzen zu besorgen, wenn wir im Supermarkt sind«, bitte ich sie.

Die Kinder klettern auf die Ladefläche.

Ich will mich ihnen anschließen, aber Valentine meint, dass ich ebenfalls vorne einsteigen soll.

»Aber ich will euch doch nicht stören, *du kleiner Tollpatsch*«, necke ich sie und riskiere, einen Tritt gegen mein Schienbein zu bekommen.

Doch sie tritt nicht nach mir, sondern durchbohrt mich mit einem stechenden Blick.

»Können wir, Ladys? Ich muss mich nämlich sputen, wenn ich noch ein neues Schloss besorgen soll.«

»Wir sind bereit«, antwortet Valentine.

Das sollte vorläufig das letzte Wort sein, das ihr während der kurzen Fahrt über die Lippen kommt.

Ein feiner Kerl

Marek

Nach einer kurzen Nacht reißt mich unbändiger Lärm aus dem Tiefschlaf. Als ich die Augen einen Spalt weit öffne, weiß ich im ersten Moment gar nicht, wo ich bin. Nur so viel: Ich liege auf einer Couch. Dass sie in Moritz' Appartement steht, wird mir erst bewusst, als ich seine Stimme höre. Jemand klingelt Sturm und klopft hartnäckig an die Wohnungstür.

»Ist ja gut. Ich komme doch schon«, brummt der Hausherr und stiefelt in den Flur. Ich höre, wie er die Tür öffnet und jemanden anblafft. »Was machst du so früh hier?«

»Früh?«, ertönt Claudius' Stimme. »Es ist halb zehn. Sieh doch nur, ich war schon beim Bäcker und habe frische Brötchen mitgebracht.«

Als ich das Rascheln der Papiertüte vernehme, ziehe ich mir ächzend die Decke über den Kopf. Ich will noch nicht aufstehen.

»Wo ist denn unser Schlagmann? Sag bloß, der pennt noch«, erkundigt sich der Frühaufsteher.

Ehe ich michs versehe, zieht Claudius das kuschelweiche Plaid von mir weg.

»Hau ab, du Nervensäge!«, knurre ich ihn an.

»Oh, wie schön. Eine Morgenlatte. Wie lange ist es her, dass ich so ein prächtiges Exemplar gesehen habe?«

»Du siehst gleich gar nichts mehr, wenn ich dir auf die Augen haue. Gib die Decke wieder her! Aber zackig, bevor ich ungemütlich werde.«

Beleidigt wirft er sie über mich und zischt ab. »Warum seid ihr Heteros bloß alle solche Morgenmuffel?«, murmelt er auf dem Weg zur Küche.

»Lass Marek schlafen. Wir haben die ganze Nacht gequatscht«, erklärt Moritz und klappert mit Geschirr.

»Ohne mich? Wie gemein«, beschwert sich Claudius.

Ich setze mich auf. An Weiterschlafen ist sowieso nicht mehr zu denken. »Wir haben ohne dich getagt, weil du stockbesoffen gewesen bist«, brülle ich und stolpere ins Bad.

»Ich? Besoffen? Wenn es hochkommt, hatte ich vielleicht einen kleinen Glimmer«, behauptet er steif und fest. »Worüber habt ihr denn geredet? Oder ist das ein Geheimnis?«

»Lass es dir selbst von Marek erzählen«, erwidert Moritz. »Und nun mach Platz. Ich kann es nicht leiden, wenn man mir so auf die Pelle rückt.«

Claudius lacht. »Bilde dir bloß nichts ein, Moritz. Ich rücke dir nur auf die Pelle, weil dieser Raum so klein wie eine Hutschachtel ist. Und das soll deine Küche sein? Ehrlich, von einem Architekten hätte ich mehr erwartet.«

Ohne die beiden zu sehen, weiß ich genau, dass Moritz gerade das Gesicht verzieht. Doch Claudius schreckt das nicht ab. Er gibt keine Ruhe und nervt wie gewohnt weiter. »Sagtest du nicht, es würde bei dir beruflich gut laufen? Warum haust du dann in diesem winzigen Loch?«

Genervt stöhnt Moritz auf. »Tu mir einen Gefallen, Claudius, und halt die Klappe! Mach dich nützlich und bring die Tassen und Teller auf den Balkon. Um den Rest kümmere ich mich allein.«

Ich habe zwischenzeitlich Wasser gelassen, mir das Gesicht gewaschen, meine Achseln mit Moritz' Deo beduftet und mit seiner Mundspülung meinen Atem neutralisiert. Nun bin ich hellwach und verlasse die Nasszelle. Nur mit Boxershorts bekleidet trete ich auf den Balkon.

»Schade, du hast schon Pipi gemacht«, bemerkt Claudius und starrt unverhohlen auf mein bestes Stück.

»Hör auf damit, sonst fängst du dir gleich eine«, drohe ich ihm bereits zum zweiten Mal an diesem frühen Samstagmorgen.

Moritz schenkt Kaffee ein.

Ich trinke meinen schwarz. Aus der Brötchentüte schnappe ich mir ein Hörnchen, verzichte auf Butter und Marmelade und beiße gleich hinein.

»Wo habt ihr meinen Koffer?«, erkundigt sich Claudius.

Moritz zwinkert mir unbemerkt zu. »Welchen Koffer?«

»Mach keine Witze, Moritz. Ich rede von meinem Geldkoffer.« Panisch schaut Claudius uns an. »Marek, sag du mir bitte, was ihr mit meiner Kohle gemacht habt.«

»Ich hab keine Ahnung, wovon du sprichst«, erkläre ich in unschuldigem Tonfall, obwohl ich am liebsten laut loslachen würde. Claudius' dummes Gesicht gibt dafür reichlich Anlass.

Mit zittrigen Händen fasst er sich an die Stirn. »Aber im Clubhaus hatten wir ihn doch noch.« Er überlegt angestrengt. »Und als wir zu dir in den Wagen gestiegen sind, war er auch noch da.«

»Dann wird er wohl immer noch da liegen«, meint Moritz und bietet ihm an, selbst nachzusehen. »Der Autoschlüssel hängt am Bord.«

Wie von der Tarantel gestochen springt Claudius auf. Während er in Windeseile die Treppe hinunterrennt, stellen Moritz und ich uns an die Brüstung und warten darauf, dass die Diva den Wagen durchsucht.

»Wir sind ganz schön gemein«, bemerke ich schmunzelnd.

Moritz grinst. »Das hat er verdient. Trotzdem mag ich ihn.«

Ich stimme ihm zu. »Ja, er nervt, aber er ist und bleibt ein feiner Kerl.«

Jetzt ist es so weit. Claudius ist auf dem Parkplatz angekommen. Er reißt die Wagentür auf und klettert auf allen vieren über den Rücksitz. Hätte ich mein Handy zur Hand, würde ich ein Foto von seinem breiten Hintern machen, der kugelrund aus dem Türrahmen ragt.

»Scheiße! Hier ist er nicht!«, ruft er uns völlig aufgelöst zu.

Nun hält es uns nicht mehr und wir brechen in schallendes Lachen aus.

Ich erlöse Claudius. »Komm rauf, du Schluckspecht. Moritz hat deinen Koffer gestern Abend in Sicherheit gebracht.«

Obwohl ihm ein Stein vom Herzen fällt, droht er mit geballter Faust. »Das hat ein Nachspiel, Moritz!«

Wutentbrannt stapft Claudius zu uns zurück. Erst nachdem er das dritte Franzbrötchen verdrückt hat, beruhigt sich seine Atmung. »Wollen wir nicht langsam los?«

»Wohin?«, fragen Moritz und ich simultan.

»Na, wir werden uns doch nicht die Vorläufe entgehen lassen.« Claudius meint, wir wüssten nicht, wovon er spricht. Deshalb plustert er sich auf und verkündet: »Regatta, Jungs! Wir wollen doch sehen, wie sich unser Nachwuchs schlägt.«

Ich habe nur einen Nachwuchs, der mich interessiert. Und das ist mein Sohn. Ich hole mein Handy aus dem Wohnzimmer und versende eine SMS.

Geht es Mika gut? Ich würde gerne seine Stimme hören. Ruft mich bitte an.

Gebannt starre ich auf mein Handy und warte darauf, dass es klingelt, aber es bleibt stumm. »Elendige Kröte!«, schimpfe ich. Meine Entrüstung bleibt nicht unbemerkt.

»Meldet sie sich nicht?«, erkundigt Moritz sich.

»Vermutlich unternimmt sie mit ihrem Rosenkavalier gerade einen Strandspaziergang«, knurre ich und überprüfe, ob noch Kaffee in meiner Tasse ist.

»Wer macht einen Strandspaziergang?«, will Claudius wissen.

»Angelina Kirsch«, antwortet Moritz wie aus der Pistole geschossen.

Claudius sagt der Name nichts. »Wer ist das?«

Moritz verdreht die Augen. »Ein berühmtes Curvy-Supermodel.« Um zu demonstrieren, wie kurvig sie ist, hält er mit reichlich Abstand die Hände vor die Brust. »Die hat sensationelle Hupen.«

»Igitt! Mir wird schlecht«, kreischt Claudius, der tatsächlich glaubt, ich hätte bei dieser Promi-Tussi angerufen.

Es wird Zeit, zur Ernsthaftigkeit zurückzukehren. »Ich habe Inga eine SMS geschickt und sie gebeten, sich zu melden, damit ich kurz mit meinem Sohn telefonieren kann. Er ist erst einen Tag weg und ich vermisse ihn jetzt schon.«

Für einen kurzen Moment herrscht Schweigen.

Moritz klopft mir tröstend auf die Schulter. »Du siehst ihn doch bald wieder.«

»Genau!«, stimmt Claudius ihm zu, der von meiner aktuellen Situation noch immer keine Ahnung hat. »Und bis es so weit ist, vertreiben wir uns die Zeit in Allermöhe. Das bringt dich auf andere Gedanken.«

Ich weiß, sie wollen mir helfen, aber ich schüttle dennoch den Kopf. »Ohne mich. Ich will nach Hause, duschen, mich rasieren und mir frische Klamotten anziehen.«

»Das mit der Rasur solltest du lassen«, rät Claudius mir. »Deine Stoppeln stehen dir nämlich ausgezeichnet. Du solltest sie wachsen lassen.« Plötzlich erhöht er seine Stimmlage um eine Oktave. »Ups? Habe ich das wirklich gerade gesagt? Gut, dass Steve mich nicht hören kann.«

Weil ich weiß, dass Claudius nur darauf wartet, dass ich ihn frage, wer dieser Steve ist, tue ich ihm den Gefallen.

»Er ist der Geschäftsführer meiner Londoner Filiale.«

»Und was hat das mit meiner Gesichtsbehaarung zu tun?«

Claudius seufzt theatralisch. »Marek, du Ahnungsloser. Weißt du denn nicht, dass ich Betreiber der angesagtesten Barber Shops bin?«

»Du bist Frisör? Na, du hast es ja auch weit gebracht«, platzt es aus mir heraus.

Während Moritz sich grinsend zurücklehnt, echauffiert Claudius sich. »Ich bin doch kein schnöder Frisör! Meine Läden haben Clubcharakter. Bei mir verkehrt das Who's who der Szene. Wenn du wüsstest, wer zu meinen Kunden gehört, würdest du staunen und nicht so herablassend über mein Business sprechen.«

Völlig unerwartet stimmt Moritz ihm zu. »Es ist echt bewundernswert, was Claudius auf die Beine gestellt hat. Seine Läden erinnern an urige Gentleman-Clubs, so wie man es aus alten Filmen kennt, die in der Kolonialzeit spielen.« Dann blickt er zu Claudius. »Zeig Marek doch mal deine Webseite.«

»Nicht auf dem Handy. Darauf kann man doch kaum etwas erkennen. Könntest du nicht deinen Laptop anschmeißen?«

»Der ist im Büro«, erklärt Moritz und beginnt damit, den Tisch abzuräumen.

Ich verlasse mit ihm den Balkon, um mich anzuziehen.

Gerade binde ich mir die Schuhe zu, als der Hausherr den Kopf durch die Wohnzimmertür steckt und fragt, ob ich es ernst gemeint hätte, als ich gesagt habe, dass ich nach Hause will.

Ich nicke. »Weißt du, wann hier die Busse fahren?«

»Red keinen Quatsch, ich fahre dich.«

PETERSILIENKARTOFFELN

INGA

Ich bin heilfroh, dass Valentine nicht mehr darauf besteht, auf große Shoppingtour zu gehen.

»Lass uns nur schnell über den Wochenmarkt flitzen und das Nötigste besorgen«, schlägt sie vor.

Die Jungs mosern. Sie wollen Friedrich lieber in den Baumarkt begleiten, wo er ein neues Schloss und spezielles Werkzeug besorgen will. Mir behagt es gar nicht, meinen Sohn einem wildfremden Mann anzuvertrauen. Deshalb widerspreche ich.

»Dann kommen Sie doch mit«, bietet er an.

Weil ich zögere, zieht Valentine mich abrupt zur Seite. »Entscheide dich bitte heute noch.«

Wieso teilt sie meine Bedenken nicht? »Ich kenne ihn doch gar nicht«, zische ich ihr zu.

Sie verdreht die Augen. »Glaubst du etwa, ich würde ihm meine Kinder überlassen, wenn ich ihm nicht absolut vertrauen würde?«

Gutes Argument. Nachdem wir einen Treffpunkt vereinbart haben, trennen sich unsere Wege.

Die Jungs marschieren mit Friedrich mit und ich folge meiner Schwester. Mit Argusaugen inspiziert sie die Obst- und Gemüsestände, aber nichts hält ihrem kritischen Blick stand.

Nun bin ich es, die sie auffordert, sich heute noch zu entscheiden.

Ratlos sieht sie mich an. »Ich weiß überhaupt nicht, was ich kaufen soll. Irgendwie habe ich gar keinen Plan.«

In listigem Ton veräpple ich sie. »Schon bemerkenswert, wie dieser Friedrich dich durcheinanderbringt.«

»Lass doch die blöden Sprüche.«

Der Korb ist immer noch leer, als wir den letzten Stand erreichen. Endlich trifft sie eine Entscheidung und wählt fünf Pfund Kartoffeln.

»Gekochten Schinken und Sahne habe ich noch vorrätig. Petersilie können wir im Kräutergarten pflücken.«

Nun weiß ich genau, was heute auf den Tisch kommen soll. Es wird Petersilienkartoffeln geben, das Leibgericht aus unserer gemeinsamen Kindheit. »Super, Mika mag das Essen auch.«

Valentine zahlt gerade, als mein Handy summt und mir eine SMS ankündigt.

Geht es Mika gut? Ich würde gerne seine Stimme hören. Ruft mich bitte an.

Mein Puls schnellt in die Höhe. »So ein Idiot!«

Valentine fragt, wer mich so auf die Palme bringt, dabei sollte sie wissen, dass dafür nur eine Person infrage kommt.

»Marek hat mir eine Kurzmitteilung geschickt. Natürlich hat er sich *nur* nach Mika erkundigt. Wie es mir geht, interessiert ihn nicht die Bohne. Ich sag es doch! Im Leben dieses Mannes finde ich gar nicht mehr statt.«

Valentine streicht mir mitleidig über den Arm. »Immerhin zeigt er Interesse an eurem Sohn. Arne hat sich seit einer Woche nicht gemeldet.«

Ich ergreife Partei für meinen versnobten Schwager. »Aber für ihn bist du die unangefochtene Nummer eins. Nach all den Jahren hat er nur Augen für dich.«

Sie lacht spöttisch auf. »Ja, genau!«

Nun bin ich verunsichert. »Etwa nicht?«

Ohne meine Frage zu beantworten, winkt sie über die Straße. »Sieh nur! Friedrich und die Kids sind auch schon zurück.«

Im Gänsemarsch geht es weiter zur Eisdiele. Schon von Weitem ist zu erkennen, dass alle Außenplätze besetzt sind. Wir hätten die Möglichkeit, uns ins Café zu setzen oder ein Eis mitzunehmen.

»Ich finde, das Wetter ist viel zu schön, um drinnen zu sitzen«, erklärt Valentine und stellt sich von den Kindern umringt an der langen Schlange vor dem Verkaufsfenster an.

Friedrich und ich schließen uns ihnen nicht an und bleiben an der Ecke stehen. »Na, haben Sie dran gedacht?«, fragt er plötzlich und grinst.

Was ein kleines Lächeln ausmachen kann, denke ich. So unsympathisch wie gestern wirkt er gar nicht mehr auf mich. Entfernt erinnert er mich an den jungen Robert Redford. Wie der amerikanische Schauspieler ist auch Friedrich der nordische Typ mit honigblonden Haaren und strahlend blauen Augen. Nach eingehender Betrachtung kann ich verstehen, dass er Valentine Hitzewallungen bereitet.

»Ich stehe auf dem Schlauch. Woran soll ich gedacht haben?«

»Ich war mir hundertprozentig sicher, dass Sie es vergessen würden. Deshalb habe ich vorgesorgt«, erklärt er und reicht mir eine Plastikflasche.

Als ich erkenne, dass er ein Glasreinigungsmittel besorgt hat, lache ich laut auf. »Meine Güte, das war ein Scherz. Das habe ich doch nicht ernst gemeint.«

Er deutet auf das Preisschild. »Ihr Scherz hat mich gerade sechs Euro gekostet.«

Während ich amüsiert den Kopf schüttle, suche ich in meiner Geldbörse nach passenden Münzen, um ihm seine Ausgabe zu erstatten.

»Ich will Ihr Geld nicht. *Sie* werden meine Fenster putzen! Ich bestehe darauf.«

Ich zeige ihm einen Vogel. »Sie haben ja einen Knall!«

»Den habe ich«, gibt er zu. »Jedoch habe ich auch einen süffigen Weißwein im Kühlschrank, den ich Ihnen nach getaner Arbeit kredenzen werde.«

Ich kichere über so viel Dreistigkeit und gebe ihm die Flasche zurück. »Das können Sie vergessen.«

Valentine beobachtet uns. Ich sehe meiner Schwester an, dass sie liebend gern wüsste, was mich zum Lachen bringt.

Als sie mir wenig später eine Waffel mit einer Kugel Zitroneneis in die Hand drückt, stellt sie mir im Flüsterton die erwartete Frage. »Worüber habt ihr gequatscht?«

»Gewiss nicht über dich«, antworte ich und schlecke hastig um den Rand der Eistüte, damit ich mich mit dem Geschmolzenen nicht bekleckere.

Was mir gelungen ist, hat bei den Kindern nicht geklappt. Alle drei haben sich von Kopf bis Fuß eingeschmiert. Für die Rückfahrt nehme ich bei ihnen auf der Ladefläche Platz, reiche ihnen Papiertaschentücher und säubere ihre Gesichter.

Als wir uns dem Anwesen nähern, schreit Muriel plötzlich los. »Ach du Schreck, Papa ist gekommen. Wenn er sieht, dass ich mich schmutzig gemacht habe, wird er gleich losmeckern.«

Meine Nichte hat mit ihrer Vermutung fast ins Schwarze getroffen. Er schimpft tatsächlich. Allerdings gilt sein Zorn nicht seinen Kindern, von denen nimmt er gar keine Notiz. Er stürmt auf Valentine zu und brüllt sie aufgebracht an.

»Wo treibst du dich die ganze Zeit herum? Ich stehe hier seit einer geschlagenen Stunde in der prallen Sonne und komme nicht ins Haus!«

Meine Schwester schluckt. Eingeschüchtert erklärt sie ihm, weshalb sich das Tor nicht öffnen lässt.

Friedrich greift ein. »Ich kümmere mich sofort darum.« Mit einem Werkzeugkoffer in der Hand schlängelt er sich an meinem Schwager vorbei.

Arne, du bist ein Blödmann, denke ich.

Wie kann er seine Frau nur so anblaffen? Marek hatte ganz recht. Er hatte ihn schon beim ersten Treffen durchschaut.

Plötzlich fällt mir ein, dass Mika seinen Vater anrufen soll. Ich ziehe mein Handy aus der Tasche, wähle und reiche meinem Sohn das Telefon. »Papa möchte mit dir sprechen.«

Sekunden später nimmt er das Telefon vom Ohr. »Da geht nur die Mailbox ran.«

»Dann sag ihm, dass er dich zurückrufen soll«, antworte ich, just in dem Moment, als sich das Tor öffnet und wir passieren können.

Ich nehme meinen Sohn an die Hand und stolziere an Arne vorbei, der es immer noch nicht für nötig gehalten hat, uns zu begrüßen.

Genau wie wir flitzen auch seine Kinder an ihm vorbei. Wohl aus Furcht, dass er ihre befleckten Klamotten bemerkt.

Während Muriel und Joshi panisch ins Obergeschoss rennen, um sich umzuziehen, steht Valentine wie angewurzelt in der Einfahrt und lässt sich von ihrem Mann zur Schnecke machen.

Ganze fünf Minuten beobachte ich das Spektakel durch das Dachfenster, bis sich Super-Arschloch-Daddy abgeregt hat.

Doch Arne hat nur eine Pause eingelegt. Er setzt sein Gebrüll in der Küche fort. »Petersilienkartoffeln? Mehr fällt dir nicht ein, wenn ich nach einer Woche nach Hause komme?«

»Woher sollte ich wissen, dass du dich heute herablässt, deiner Familie einen Besuch abzustatten?«, kontert sie.

»Werde bloß nicht unverschämt! Ich arbeite Tag und Nacht, damit du es dir gut gehen lassen kannst, du undankbares Weib!«

Mir bleibt die Luft weg. Wütend renne ich die Treppe hinunter, um meiner Schwester beizustehen. Ich verspüre große Lust, meinem Schwager den Marsch zu blasen. Aber der Brüllaffe hat die Küche bereits verlassen. Er steht auf der Terrasse und steckt sich eine Zigarette an.

Meine Schwester weint. Als sie mich sieht, wendet sie sich ab, damit ich ihre Tränen nicht sehen kann.

»Lass mich bitte«, krächzt sie.

Weil ich ihren Wunsch respektiere, gehe ich hinaus zu den Kindern, die sich um Friedrich versammelt haben, um ihm beim Austausch des Schlosses zuzusehen.

»Geht es hier immer so zu?«, frage ich meine Nichte. Sie schaut mich verstört an, antwortet aber nicht.

Auch Friedrich macht ein betrübtes Gesicht. »Geld allein macht eben nicht glücklich.«

Joshi verpasst Mika einen Stoß in die Rippen. »Jetzt könnten wir Fahrrad fahren. Erlaubst du es, Inga?«

Ich nicke und schaue ihnen nach, bis sie im Schuppen verschwinden.

»Fertig«, murmelt Friedrich, kommt aus der Hocke und baut sich vor mir auf. »Hier sind die Schlüssel.« Er legt sie mir in die Hand und drückt sanft meine Finger. »Dann bis später.«

Obwohl das Thermometer dreißig Grad im Schatten anzeigt, herrscht Eiseskälte. Die schlechte Stimmung erreicht ihren

Höhepunkt, als wir am Tisch zu Mittag essen und Arne mich ins Verhör nimmt.

»Du bist also zur Vernunft gekommen und hast diesen Spinner verlassen. Endlich mal eine kluge Entscheidung nach all den Dummheiten, die du dir bisher geleistet hast.«

Mein Herz hört gerade für einen Moment lang auf zu schlagen. Es setzt erst wieder ein, als ich sicher sein kann, dass Mika nichts von seinem Spruch mitbekommen hat. Er futtert völlig unbeeindruckt weiter.

»Wie lange wollt ihr denn bleiben?«, fragt Arne.

Ich schaue ihm direkt in die Augen. »Wenn wir dich stören, dann sag es gleich. Wir können sofort wieder abreisen.«

Arne blickt seine Frau mit zusammengekniffenen Augen an. »Solange ihr mir mit eurem Gesabbel nicht auf den Geist geht, könnt ihr bleiben. Ich bin nämlich hier, um meine Ruhe zu haben.« Dann schaut er zu mir. »Allerdings bestehe ich darauf, in meinem eigenen Bett zu schlafen.« Nach mir wendet er sich an seine Tochter. »Muriel stellt dir gewiss gern ihre Mansarde zur Verfügung, oder, Schatz?«

Der strenge Blick ihres Vaters reicht aus, dass sie zustimmt, ohne zu murren.

Das Klima, das in dieser Familie herrscht, erschüttert mich zutiefst. Ich muss hier sofort weg, andernfalls laufe ich Gefahr zu platzen. »Hat jemand Lust, mich auf einen Spaziergang zu begleiten?«, frage ich die Kinder, ernte aber nur allgemeines Kopfschütteln.

»Wirklich nicht?«, hake ich bei Mika nach. Als er mir bestätigt, dass er lieber mit seinem Cousin spielen und auf den Anruf seines Papas warten will, insistiere ich nicht weiter, lege mein Handy auf den Tisch und stapfe los in Richtung Strand.

PENTHOUSE

MAREK

Moritz muss bremsen. Wie ihm ist auch mir als Beifahrer nicht entgangen, dass sich vor uns ein Pferdegespann befindet, das ein Brautpaar im Schritttempo über die Hauptstraße kutschiert.

»Wieder zwei unverbesserliche Dummköpfe, die ihren Entschluss sofort bereuen werden, sobald es mal eng wird«, seufzt er. »Ihr seid wenigstens schlauer gewesen als ich und habt nicht geheiratet. Wenn ich daran denke, wie viel Schmerz und Kohle mich diese aussichtslose Ehe gekostet hat, kriege ich so einen Hals.«

Claudius beugt sich von der Rückbank vor und streicht Moritz aufmunternd über die Schulter. »Kopf hoch, mein Freund. Sie hat dich gar nicht verdient.«

Mein alter Bugmann atmet schwer, so schwer wie damals, als wir kurz vor der Ziellinie waren und ich ihn anspornen musste, bloß nicht auf den letzten Metern schlappzumachen.

Aber Moritz will keinen Trost. »Seht mal nach rechts! Diesen Gebäudekomplex an der Ecke habe ich geplant.«

Ich schaue und staune, doch Claudius zeigt sich verwundert. »Das ist ein Mehrfamilienhaus. Ich dachte immer, dass Villen und luxuriöse Einfamilienhäuser dein Steckenpferd wären.«

Moritz antwortet ihm nicht, sondern fährt rechts ran. Er stellt den Motor aus und dreht sich um. »Du willst was Luxuriöses sehen? Dann komm mit!«

Wir folgen ihm zur Haustür. Sie ist nicht verschlossen und wir treten ein.

Im Treppenhaus marschiert er direkt auf den Lift zu. Noch bevor sich die Fahrstuhltür schließt, steckt er eine Karte in den Schlitz, die sich unter den Knöpfen befindet, die mit E bis 5 beschriftet sind.

»Nur damit gelangt man ganz nach oben«, erklärt er und lehnt sich lässig an die Wand.

Mit einem Gongschlag öffnet sich die Tür und wir betreten eine unmöblierte Wohnung.

»Fünf Zimmer, zwei Bäder und eine Dachterrasse, die einen atemberaubenden Ausblick über die Stadt bietet«, schwärmt der Planer.

Die *Mutter meines Sohnes* würde ausflippen, wenn sie diese Wohnung sehen könnte, denn die Küche und die Bäder entsprechen genau ihrem Geschmack.

Moritz sieht sich betrübt um. »Dieses Objekt habe ich für meine Frau konzipiert. Ich Trottel habe tatsächlich angenommen, dass wir hier einen Neuanfang machen könnten. Aber weil die Eigentümerin sich unerwartet entschieden hat, nicht an mich zu vermieten, sondern das ganze Haus zu verkaufen, war's das. So viel Geld, wie sie gefordert hat, konnte ich nicht aufbringen. Damit hatte es sich nicht nur mit der Wohnung erledigt, sondern auch mit meiner Frau – und zwar endgültig. Ich kann es kaum erwarten, endlich geschieden zu sein.«

Diese Informationen muss ich erst mal verarbeiten. Ich schiebe die Tür zur Dachterrasse auf und gehe hinaus, um Luft zu schnappen, während Claudius sich die anderen Zimmer zeigen lässt.

»Was soll die Hütte denn kosten?«, höre ich ihn fragen.

Moritz lacht. »Ungefähr so viel, wie du in deinem Koffer mit dir herumträgst.«

»Würde die besagte Dame Bargeld akzeptieren?«

Ich vermute, gerade Zeuge eines Deals zu werden, und spitze meine Ohren.

»Wieso? Sag nicht, du hättest Interesse?«

Doch, genau das meint Claudius. »Es wäre doch eine prima Geldanlage.«

»Ich frage ihren Anwalt, allerdings nur, wenn es dir wirklich ernst ist«, erwidert Moritz.

Nun hält es mich nicht mehr und ich kehre zu den beiden zurück.

»Mach das klar für mich, dann überlasse ich dir dieses Schmuckstück zur Miete«, meint Claudius grinsend und wartet vergeblich auf eine Umarmung. »Ich kann doch nicht zulassen, dass unser Bugmann auf vierzig Quadratmetern haust, oder was meinst du, Marek?«

Ich meine gar nichts, sondern greife zu meinem Handy, das gerade in meiner Hosentasche klingelt.

Zwar erscheint Inga auf dem Display, doch es ist Mika, der zu mir spricht.

»Hallo, Papi. Warum hast du mich nicht angerufen?« Seine Stimme signalisiert mir sofort, dass etwas nicht stimmt.

»Sollte ich das denn?«

»Ja, das habe ich doch gesagt, als du nicht rangegangen bist.«

Ich überprüfe das Display meines Smartphones. Tatsächlich. Es zeigt mir einen verpassten Anruf an. Wie konnte ich den nur überhören?

Wie auch immer. Jetzt ist Mika ja dran. »Geht es dir gut, mein Großer?«

»Nein«, flüstert mein Sohn nach kurzem Zögern. »Arne hat ganz doll mit mir geschimpft.«

Mein Herz krampft sich zusammen. »Was ist denn passiert?«

»Joshi und ich haben Steine geworfen, dabei habe ich Arnes Auto getroffen. Nun ist eine Beule in der Tür und er ist stinksauer auf mich.«

»Und was sagt Mama dazu?«

»Nichts. Sie ist gar nicht da.«

»Wo ist sie denn?«

»Spazieren.«

Als hätte ich es nicht geahnt. Wie konnte ich dieser Frau nur meinen Sohn überlassen? Noch einmal atme ich tief durch. »Keine Sorge. Ich komme zu dir.«

Ich lege auf und schnaube vor Wut.

»Alles in Ordnung?«, will Moritz wissen.

»Nichts ist in Ordnung! Würdest du mir deinen Wagen leihen?«

SEELSORGER

INGA

Was für ein wunderschönes Fleckchen Erde, denke ich, als ich den menschenleeren Naturstrand erreiche. In Santa Ponsa hätte ich wie eine Ölsardine zwischen Scharen von Urlaubern im gelben Sand gelegen. Von allen Seiten wären Stimmen zu hören gewesen und laute Musik aus den Bars hätte die Bucht beschallt.

Hier ist es ganz anders. Bis auf das Rauschen der See und das Kreischen der vorbeifliegenden Möwen ist es still.

Ich bin froh, festes Schuhwerk anzuhaben, anders könnte ich den kurzen Weg bis zur Biegung nicht auf dem steinigen Untergrund zurücklegen.

Meine Gelegenheit zu einer ausgiebigen Wanderung endet jedoch bereits nach wenigen Minuten, als ich das Ende des privaten Abschnitts erreicht habe.

Wenn ich meinen Gang fortsetzen will, müsste ich umkehren oder könnte die Klippe hinaufklettern, um im Wald weiterzulaufen. Ich entscheide mich für den Aufstieg. Anscheinend bin ich nicht die Erste, die auf diese Idee gekommen ist, denn es gibt einen schmalen Trampelpfad, der in die Höhe führt.

Oben angelangt genieße ich die spektakuläre Aussicht auf die See, die sich heute im schönsten Blau zeigt. Obwohl ich mich nicht sattsehen kann, marschiere ich weiter.

So steil, wie es hinaufging, geht es nun wieder hinunter. Ich bin ziemlich außer Atem und setze mich auf einen großen Stein, um mich ein wenig auszuruhen und meinen Gedanken freien Lauf zu lassen.

Nach wie vor beschäftigt mich Arnes Auftritt. Wie kann Valentine es zulassen, dass er so mit ihr spricht? Auch die Kinder kuschen vor ihm. Das war doch nicht immer so, oder? Bisher machten meine Schwester und ihr Mann den Eindruck eines glücklichen Paares auf mich. Im Stillen habe ich sie sogar beneidet. Nicht um den Luxus, in dem sie schwelgen, der war mir von jeher gleichgültig. Vielmehr hat mich ihr harmonisches Familienleben beeindruckt – und das war letztendlich dafür verantwortlich, dass auch ich mich für das Kind entschieden habe, obwohl Marek und ich erst kurze Zeit zusammen waren. Streng genommen kannten wir uns noch gar nicht gut genug, um eine Familie zu gründen. Wir haben uns von unserer Leidenschaft leiten lassen. Aber davon ist nichts mehr übrig geblieben. Wir leben in einer Zweckgemeinschaft, in der es einzig darum geht, unser Kind glücklich zu machen.

Keinen Meter von mir entfernt fliegt plötzlich ein Stein ins Wasser. Ich springe auf und schaue mich um. Noch bevor ich den Werfer entdecke, höre ich seine Stimme.

»So rasch habe ich nicht mit Ihnen gerechnet.«

Es ist Friedrich, der seine Arbeitsmontur gegen Badeshorts eingetauscht hat. Mit freiem und braun gebranntem Oberkörper schlendert er auf mich zu.

»Bin ich etwa wieder in Ihren Privatbesitz eingedrungen? Dann tut es mir leid. Dennoch ist das kein Grund, mit Steinen nach mir zu werfen.«

»Ich habe Sie doch gar nicht getroffen. Also, warum regen Sie sich auf?«

Ich starre ihn an, als hätte ich zuvor noch nie einen Mann in Badehose gesehen. »Wollen Sie schwimmen?«

»Wenn mir nach einer Abkühlung zumute wäre, würde ich gewiss nicht an dieser Stelle ins Wasser gehen. Hier herrscht eine brandgefährliche Strömung.«

»Gut zu wissen. Dann werde ich darauf achten, dass die Kinder hier nicht baden. Und Valentine werde ich auch warnen.«

»Das weiß Ihre Schwester längst.« Er mustert mich abwägend. »Wie ist denn die Stimmung? Hat der Mistkerl sich wieder beruhigt?«

Ich zucke mit den Achseln. »So wie heute habe ich meinen Schwager noch nie erlebt.«

»Nicht? Ich kenne ihn nicht anders.«

Ich stutze. »Wollen Sie damit sagen, dass er häufiger ausrastet?«

»Sie und Valentine stehen sich wohl nicht sehr nah.«

Ich widerspreche sofort. »Doch, natürlich!«

»Ich glaube nicht, dass es so ist, sonst hätten Sie mir diese Frage nicht gestellt.«

Was weiß er, was ich nicht weiß?

»Kommen Sie, Inga. Oder wollen wir unsere Unterhaltung im Stehen fortsetzen?«

Ich schließe mich ihm an und wir reden im Gehen weiter. So erfahre ich, dass Friedrichs Vater früher den Grund und Boden besessen hat, auf dem Arne sein protziges Domizil errichtet hat.

»Gleich nach dem Mauerfall tauchte er hier auf und luchste meinem Vater das Grundstück ab. Ihr Schwager hat den alten Mann dreist über den Tisch gezogen, so wie alle Wessis, die hier damals ankamen.«

»Wessi? Ossi? Haben wir das nach all den Jahren immer noch nötig?«, gebe ich zu bedenken.

»Sie würden anders reden, wenn Ihnen so übel mitgespielt worden wäre.«

»Warum haben Sie den Kauf nicht verhindert?«

Er seufzt. »Ich war jung und wollte in die Welt hinaus, Länder kennenlernen, die uns zu DDR-Zeiten verwehrt waren. Ich bin quer durch Europa gereist. Als ich zurückkehrte, war es bereits zu spät. Mein Elternhaus gab es nicht mehr.«

Ich überlege, wie alt Friedrich sein mag, und komme zu dem Schluss, dass er Mitte vierzig und somit im gleichen Alter wie Arne sein muss.

Wir haben sein kleines Häuschen erreicht. Ich will mich verabschieden, doch Friedrich bittet mich zu bleiben. Ich zögere, denn ich bin schon länger als zwei Stunden unterwegs.

Schmunzelnd neigt er den Kopf. »Warum wollen Sie nicht mit reinkommen? Kann es sein, dass Sie Angst vor mir haben?«

»Unsinn!«, widerspreche ich. »Ich will nicht mit reinkommen, weil ich die Sonne genießen will. Schließlich bin ich im Urlaub.«

»Perfekt, dann hole ich die Flasche raus und wir …«

Ich falle ihm ins Wort. »Lassen Sie die Flasche, wo sie ist. Ich werde Ihre Fenster nicht putzen!«

Er lacht mich schallend aus. »Ich habe die Flasche Wein gemeint, die ich mit Ihnen köpfen will.« Er deutet zum Bootssteg, auf dem ein kleiner Tisch und zwei Stühle stehen. »Nehmen Sie doch schon mal Platz. Ich komme gleich nach.«

Er verschwindet im Häuschen. Als er kurz darauf mit zwei Gläsern und dem Wein in der Hand zurückkehrt, fällt mir sofort auf, dass er sich ein Shirt übergezogen hat.

»Wohnen Sie ganz allein hier?«

Er schüttelt den Kopf.

Ich werfe einen Blick auf seine Hände. Einen Ring kann ich nicht entdecken. »Dann haben Sie auch Familie. Ist das Haus nicht zu klein für mehrere Personen?«

»Wer sagt, dass ich Familie habe?«

»Ich habe Ihr Kopfschütteln so gedeutet.«

Er lacht. »Das haben Sie falsch verstanden. Damit wollte ich Ihnen sagen, dass ich hier nicht wohne.«

»Sondern? Muss ich Ihnen jedes Wort aus der Nase ziehen? Das kann ja eine nette Unterhaltung werden.«

Grinsend schenkt er den Wein ein. Er reicht mir ein Glas und prostet mir zu. »Sie sind so ganz anders als Valentine.«

»Da können Sie sicher sein. Mit mir dürfte Arne nicht so umspringen.«

»Was würden Sie denn tun?«, fragt er neugierig.

»Mich ihm entgegenstellen und ihm klarmachen, dass sein Verhalten unmöglich ist.«

»So, so. Und warum schaffen Sie das nicht in eigener Sache?«

»Bitte?«

»Sie gehören wohl zu den Menschen, die für andere immer einen Rat parat haben, ihn aber selbst nicht beherzigen. Warum sonst verbringen Sie die Ferien allein mit Ihrem Sohn?«

Ich staune. Woher weiß er das? »Hat Valentine mit Ihnen über mich geredet?«

Er nickt. »Sie bespricht alles mit mir. Das machen Freunde so.«

Ich bin völlig perplex. »Sie sind Freunde? Wie eng befreundet?«

»Erst sind Sie dran! Warum wollen Sie sich von Ihrem Mann trennen?«

»Marek ist nicht mein Mann. Wir sind nicht verheiratet.«

»Sie leben seit fünf Jahren zusammen und haben ein gemeinsames Kind. Ich finde, in dem Fall darf man getrost von *Ihrem Mann* sprechen.«

»Und ich finde, dass Sie das gar nichts angeht!«

Ich will aufstehen, aber Friedrich greift nach meinem Arm. »Laufen Sie immer gleich weg, wenn es unangenehm wird? So lösen Sie keine Probleme!«

»Was bilden Sie sich ein!«, raunze ich ihn an.

Ergeben hebt er die Hände. »Tut mir leid, ich wollte nicht indiskret sein. Aber ich bin ein guter Zuhörer. Fragen Sie Valentine. Sie wird es Ihnen bestätigen.«

»Ich bin unglücklich! Reicht das als Antwort?«

Es reicht ihm nicht, denn er bohrt weiter. »Was stimmt nicht in Ihrer Beziehung?«

Von welcher Beziehung spricht er? Marek und ich sind kein Paar mehr, wir sind nur noch Eltern.

»Ihre Schwester hat mir erzählt, dass Sie seit einigen Monaten wieder arbeiten. Kann es sein, dass Ihre Unzufriedenheit damit zu tun hat?«

Was stellt er nur für Fragen? »Kommen Sie mir jetzt bloß nicht mit dem Argument, dass ich überfordert sei. Denn so ist es nicht. Ich mag meinen Job. Es tut gut, wieder ein Leben außerhalb von Haushalt und Kinderbetreuung zu haben.«

»Mika war kein Wunschkind, oder?«

Wenn er mir jetzt vorhält, ich würde meinen Sohn nicht lieben, raste ich aus.

So langsam scheint ihm die Geduld auszugehen, denn er fragt mich, *wer* nun *wem* Antworten aus der Nase ziehen muss. »Warum blocken Sie ab, wenn es um Ihren Sohn geht?«

»Es hat rein gar nichts mit Mika zu tun. Es ist nur so, dass mein Leben völlig anders verläuft, als ich es mir gewünscht habe. Ich bin noch keine dreißig und habe das Gefühl, da kommt nichts mehr, das war es schon.«

Ich könnte ihm gestehen, dass ich meine Kolleginnen um ihre Freiheiten beneide. Sie sind im gleichen Alter wie ich und gehen nach Feierabend aus und haben Spaß. Aber was viel entscheidender ist: Sie werden begehrt. So wie ich begehrt wurde, als es mit Marek und mir angefangen hat.

Abrupt werde ich aus meinen Gedanken gerissen.

»Du bist das Allerletzte«, tönt es über den Steg.

Ich drehe mich um und sehe Marek wild gestikulierend auf uns zukommen.

»Was machst du hier?«, rufe ich ihm zu und gehe ihm entgegen.

»Ich hole Mika ab. Nicht einen Tag länger lasse ich ihn in deiner Obhut.«

»Spinnst du?«

Doch Marek verweigert mir die Erklärung für sein ungebührliches Verhalten. Stattdessen schaut er zu Friedrich. »Das ist er? Dieser alte Knacker ist der Grund? Ich hätte dir mehr Geschmack zugetraut!«

Er dreht sich auf dem Absatz um und stiefelt zu einem dunklen Audi mit Stader Kennzeichen. Wenn ich richtig sehe, sitzen nicht nur zwei mir unbekannte Männer, sondern auch Mika in dem Wagen.

»Warte!«, schreie ich ihm hinterher, doch Marek lässt sich nicht aufhalten. Er springt ins Auto und startet den Motor.

»Du kannst doch jetzt nicht abhauen!«

Mit seinem Zeigefinger droht er mir durch das offene Fenster. »Eigentlich hatte ich vor, mir deinen Rosenkavalier vorzuknöpfen, aber er hat Glück, denn ich vergreife mich nicht an Greisen.«

Mit Vollgas fährt er ab. Nun stehe ich in einer Staubwolke und ringe um Fassung. Vergeblich.

»Sag doch nicht immer *mein* Sohn, er ist *unser* Sohn«, krächze ich, bevor die ersten Tränen fließen.

Friedrich steht hinter mir und legt tröstend seine Hand auf meine Schulter.

»Ich muss sofort zurück«, schluchze ich.

»Soll ich Sie fahren? Das geht schneller.«

Ich nicke und renne zu seinem Pick-up.

Obwohl ich völlig durcheinander bin, löchert er mich weiter mit Fragen. »Wer ist der Rosenkavalier?«, will er von mir wissen. »Welche Rolle spielt er in Ihrem Leben?«

»Hören Sie auf! Dafür habe ich jetzt wirklich keinen Nerv.« Diesmal folgt er meiner Bitte und schweigt, bis wir bei Valentine eintreffen.

Ohne mich dafür zu bedanken, dass er mich mit seinem Wagen hergebracht hat, steige ich aus und laufe zum Haus. Die ganze Familie steht in der Küche. Sie verstummen sofort, als sie mich bemerken.

»Er hat Mika mitgenommen«, kreische ich verzweifelt und lasse mich in die offenen Arme meiner Schwester fallen.

»Ich konnte es nicht verhindern«, gibt sie kleinlaut zu. »Immerhin konnte ich ihn davon überzeugen, erst mit dir zu sprechen, bevor er kopflos abfährt.«

Arne zeigt kein Verständnis für meinen aufgewühlten Zustand. »Sieh dir an, was dein Bürschchen angerichtet hat! Ich habe Marek bereits mitgeteilt, dass ihr für den Schaden aufkommen werdet. Der Wagen ist noch keinen Monat alt und muss schon neu lackiert werden.«

Ich habe keine Ahnung, wovon Arne spricht. »Welcher Wagen?«

Valentine mischt sich ein. »Nun lass doch gut sein. Inga ist versichert. Ihre Haftpflicht wird den Schaden schon übernehmen.«

Mich interessiert gerade gar nicht, was das Geschwätz über meine Versicherung soll. Ich will nur wissen, wo mein Handy ist.

»Hier«, sagt Muriel und reicht es mir. Ich rufe sofort bei Marek an. Meine Befürchtung, dass er mich wegdrückt, bestätigt sich nicht.

Er meldet sich und klingt noch genauso sauer wie vor einigen Minuten. »Was willst du?«

»Wieso nimmst du Mika einfach mit?«

»Weil ich nicht zulasse, dass er sich fürchtet. Richte deinem cholerischen Schwager aus, dass er sich keine Sorgen um seinen Scheißlack machen muss. Ich kümmere mich darum. Sollte er sich jedoch noch einmal im Ton vergreifen und Mika anschreien, setzt es was.«

»Arne hat Mika angeschrien?«

»Das wüsstest du, wenn du bei ihm gewesen wärst.«

Ohne ein weiteres Wort legt Marek auf.

»Was war hier los?«, will ich von meinem Schwager wissen. »Du hast meinen Sohn angebrüllt? Was stimmt nicht mit dir? Wann bist du so ein Riesenarschloch geworden?«

Arne schnappt nach Luft. Dann schaut er Valentine an. »Muss ich mir so was in meinem eigenen Haus bieten lassen?«

Ich gebe ihm die Antwort auf seine Frage. »Nein, das musst du nicht. Ich reise ab! Dann kannst du ganz ungestört deine Familie tyrannisieren und sie in Angst und Schrecken versetzen!«

Gut, dass ich meinen Koffer noch nicht ausgepackt habe. Ich stopfe meine Kosmetika in den Kulturbeutel und werfe einen Blick in Joshis Zimmer. Mit Mikas Schlafanzug in der Hand flitze ich zurück in den Flur und stoße mit Valentine zusammen.

»Bitte bleib. Arne hat es nicht so gemeint«, beschwört sie mich.

Fassungslos schaue ich meine Schwester an. »Wie kannst du dir so ein Benehmen bieten lassen?«

Betreten starrt sie zu Boden. »Das verstehst du nicht.«

Ganz richtig, das verstehe ich wirklich nicht. Weil ich nicht im Zwist mit ihr auseinandergehen will, drücke ich ihr zum Abschied ein Küsschen auf die Wange und stampfe hinaus.

Ich werfe einen Blick durchs Fenster. Wenigstens hat Marek den Kindersitz mitgenommen, stelle ich erleichtert fest.

Erst als ich im Wagen sitze, bemerke ich, dass eine Karte unter dem Scheibenwischer klemmt. Ich steige aus, nehme sie in die Hand und lese:

Friedrich Adler – Seelsorge und Lebensberatung

Ich drehe die Visitenkarte um. Auf der Rückseite hat Friedrich eine handschriftliche Notiz hinterlassen.

Rufen Sie mich an, wenn Sie unsere
Unterhaltung fortsetzen wollen.

Jetzt verstehe ich. Seine Neugierde ist rein berufsbedingt. Ich stecke die Karte in meine Hosentasche und mache mich auf den Heimweg.

DER NEUE VIERER

MAREK

Schon nach wenigen Kilometern stoppe ich und tausche mit meinen Kumpels die Plätze. Claudius wechselt von der Rückbank nach vorne und Moritz übernimmt das Steuer seines Wagens.

Jetzt habe ich Gelegenheit, mich meinem Kleinen zu widmen. Ich werde das Gefühl nicht los, dass er verängstigt ist. Kein Wunder. Erst musste er den Ausraster seines Onkels über sich ergehen lassen, dann wurde er Zeuge, wie ich Inga angeschrien habe, und nun befindet er sich in einem Wagen mit Leuten, die er gar nicht kennt.

Ich umgreife seine kleinen Hände und rede ihm gut zu. »Das sind meine Freunde Moritz und Claudius. Ich habe dir doch schon von unserem Rudervierer erzählt, erinnerst du dich?«

Erstaunt sieht mein Sohn mich an. »Der dicke Mann war auch in deiner Mannschaft? Der passt doch gar nicht in ein Boot.«

Mikas Bemerkung sorgt für eine Lachsalve.

Claudius nimmt es ihm nicht krumm. Im Gegenteil, er amüsiert sich über den *Kindermund, der nur Wahrheit kundtut,* und verrät meinem Filius, dass er nicht immer so ein fetter Brummer war.

»Ein *Brummer*«, wiederholt Mika und kichert. Am liebsten würde ich ihn aus seinem Kindersitz reißen und ihn ganz fest an mich drücken.

Claudius erklärt uns, weshalb er so aus dem Leim gegangen ist. »Ich liebe Burger. Für einen Doppel-Whopper mit Pommes könnte ich sterben.«

»Das ist ungesund«, weiß mein Sohn und hält mit seiner Weisheit nicht hinterm Berg.

»Stimmt, aber sie schmecken verdammt lecker«, füge ich an und frage ihn, ob er Hunger habe.

Mika schüttelt den Kopf. »Ich habe schon mittaggegessen.«

»Aber ich könnte was vertragen«, verkündet der Fahrer und beabsichtigt, den nächsten Rasthof anzusteuern.

Obwohl es hier keine Whopper von Claudius' bevorzugter Fast-Food-Kette gibt, sitzen wir wenig später an einem Tisch und mampfen, was das Zeug hält.

»Ist fast wie früher«, nuschelt Moritz mit vollem Mund. »Es fehlt nur einer, dann wären wir wieder komplett.«

»Vergiss Hendryk. Der hat schon damals nur Ärger gemacht«, kontert Claudius und klaut Mika ein Pommesstäbchen.

»Hey!«, beschwert der sich.

»Wir sind doch Buddys. Da macht man das so«, verteidigt sich der Fresssack und zwinkert meinem Sohn breit grinsend zu.

»Ich gehöre zu eurem Team?« Mika schaut mich mit großen Augen an.

Moritz kommt mir zuvor. »Logisch. Du bist doch unser wichtigster Mann.«

»Wenn das so ist, darfst du alle Pommes von mir haben«, bietet Mika an und schiebt seinen Teller zu Claudius.

Ich bin gerührt und stolz zugleich.

Pappsatt setzen wir die Fahrt nach Hamburg fort. Zu Hause angekommen würde ich die beiden gern noch mit hineinbitten, aber als ich unseren Wagen in der Einfahrt entdecke, verkneife ich mir die Einladung. Bei dem bevorstehenden Donnerwetter brauche ich keine Zuschauer.

Während ich meinen Sohn aus dem Sitz befreie, holt Moritz mein Rad aus dem Kofferraum.

Mit einem Schulterklopfen verabschiede ich mich von den Jungs. »Es war schön mit euch. Ich hoffe, es dauert nicht wieder fünf Jahre, bis wir uns wiedersehen.«

Die beiden teilen meine Hoffnung und winken Mika zu, der bereits vor der Haustür steht.

Claudius rät mir, Ruhe zu bewahren, wenn ich auf die *Mutter meines Sohnes* treffe. Moritz ist ganz anderer Meinung. »Mach bloß nicht den gleichen Fehler wie ich. Zeig ihr die Rote Karte. Du hast es nicht nötig, dir auf der Nase rumtanzen zu lassen.«

Die Haustür ist noch immer verschlossen. »Hast du nicht geklingelt?«, will ich von Mika wissen.

»Doch, sogar schon zweimal.«

Ich krame meinen Schlüssel aus der Hosentasche und schließe auf. Mein Sohnemann rennt ganz aufgeregt in die Diele und ruft: »Mami, ich bin jetzt in Papas Team!«

Ich brauche keinen Mann, der ...

Inga

Obwohl ich nur wenig später nach Marek abgefahren und mit Höchstgeschwindigkeit über die Autobahn gerast bin, gehe ich fest davon aus, dass er vor mir angekommen ist.

Umso erstaunter bin ich, dass bei meinem Eintreffen niemand im Haus ist. Aufgeregt stürme ich in den Garten, um dort nach den beiden zu suchen. Aber ich treffe nicht auf Vater und Sohn, sondern auf Irene, die wie versprochen die Blumen und Sträucher wässert.

Sie lässt vor Schreck den Gartenschlauch fallen, als sie mich bemerkt. »Inga! Willst du, dass ich einen Herzinfarkt bekomme? Wo kommst du plötzlich her?«

»Tut mir leid, ich wollte dich nicht erschrecken«, entschuldige ich mich und frage, ob sie Marek und Mika gesehen hätte.

Sie verneint und stellt das Wasser aus. »Wieso fragst du? Ist der Junge denn nicht bei dir?«

Ich lasse mich auf den Gartenstuhl plumpsen und stöhne laut auf, denn ich weiß, was jetzt auf mich zukommt. Meine mütterliche Freundin wird wissen wollen, warum ich schon zurück bin.

Und richtig. Sie baut sich direkt vor mir auf. »Pack aus, Inga, was ist hier los? Warum seid ihr nicht auf Mallorca? Hat das finanzielle Gründe?«

Mir ist es lieber, Irene anzuschwindeln und vorzugeben, dass wir uns die Reise nicht leisten konnten, statt ihr den wahren Grund zu nennen. Ich kenne sie. Sie würde kein Verständnis für meine Beweggründe aufbringen. Ich höre sie schon zu mir sagen: »Das Leben besteht nun mal nicht nur aus Jux und Tollerei. Meine Güte, Inga, du bist kein Teenager mehr, sondern eine erwachsene Frau. Und Mutter. Reiß dich zusammen! Es wird auch wieder bessere Zeiten geben.«

Aber ich habe die Hoffnung auf Besserung längst aufgegeben.

Erschöpft lehne ich mich zurück. »Ja, es stimmt. Wir sind nicht geflogen, weil die Reise unser Budget gesprengt hätte.«

Nun setzt sie sich und nickt verständnisvoll. »Marek hätte seinen Job nicht aufgeben dürfen. Er verdient doch als Vertriebsleiter bestimmt deutlich mehr als du als Verkäuferin.«

Ich könnte ihr zum hundertsten Mal erklären, dass ich keine Verkäuferin, sondern Einkäuferin beim besten Herrenausstatter der Stadt bin, aber das macht für Irene sowieso keinen Unterschied.

»Er wird wieder einsteigen, sobald wir endlich einen Kindergartenplatz bekommen.«

»Warum habt ihr mein Angebot nicht angenommen? Du weißt doch, wie gern ich mich um euren Kleinen kümmern möchte. Der kleine Schatz ist wie ein Enkel für mich.«

Statt ihr wie gewohnt zu antworten, dass ihr Angebot zwar wirklich lieb gemeint ist, aber wir schon allein klarkommen, überrasche ich sie heute. »Das traust du dir wirklich zu?«

»Für wie alt hältst du mich?«, empört sie sich.

»Es wäre ganz wunderbar, wenn du kurzfristig einspringen könntest. Ich werde das später mit Marek besprechen und melde mich bei dir.«

Ich gehe davon aus, dass das Thema damit erledigt ist und sie mich nun in Ruhe lässt, aber sie macht keine Anstalten zu gehen, sondern reckt den Hals in Richtung Einfahrt.

»Warum besprechen wir das nicht sofort? Die beiden steigen gerade aus einem Auto aus.«

Gleich darauf klingelt es an der Haustür. Ich springe auf. »Ich will erst allein mit Marek reden. Du entschuldigst mich? Ich komme nachher zu dir rüber.«

Es klingelt bereits zum zweiten Mal. Ich werde zunehmend nervöser, denn ich möchte nicht in ihrem Beisein auf Marek treffen. Noch immer habe ich eine Stinkwut auf ihn. Aber Irene verharrt an Ort und Stelle.

Ich nehme meinen ganzen Mut zusammen und bitte sie, nach drüben zu gehen.

»Aber ich habe noch gar nicht alle Kübel gegossen«, erwidert sie und nimmt Kurs auf den Gartenschlauch.

Bevor sie zugreifen kann, rufe ich ihr im energischen Ton zu: »Das mache ich selbst! Bitte, Irene. Lass uns allein!«

Endlich kapiert sie und ist im Begriff, den Rückzug anzutreten, als Mika plötzlich von drinnen ruft: »Mami, ich bin jetzt in Papas Team!«

Ich gehe hinein und schließe die Terrassentür hinter mir. Den Wunsch, meinen Sohn zu fragen, was genau an der Ostsee passiert ist, kann ich mir abschminken. Nach einem kurzen Küsschen rennt mein kleiner Liebling in sein Zimmer, weil er ganz dringend ein Bild für seine »Buddys« malen muss.

»Von wem spricht er?«, frage ich Marek, der mir mit versteinerter Miene entgegentritt. Doch er lässt mich im Unklaren.

»Es ist unfassbar!«, schimpft er.

Ich gebe ihm recht. »Stimmt. Es ist wirklich unglaublich, was Arne sich geleistet hat. Trotzdem, du hättest nicht gleich abhauen müssen. Wir hätten ihm auch gemeinsam den Marsch blasen können.«

Marek schaut mich verwundert an. Offensichtlich hat er nicht mit meiner Zustimmung gerechnet. »Eigentlich habe ich dich gemeint, aber es ist schön zu hören, dass wir ausnahmsweise mal einer Meinung sind.«

Seinen Seitenhieb ignoriere ich. »Wer waren die Typen, mit denen du unterwegs warst?«

»Hast du sie nicht erkannt?«

Würde ich sonst fragen? Meine Güte, dieser Mann ist noch keine Minute da und schon regt er mich auf.

Mit einem Blick, als wolle er mich fressen, huscht er an mir vorbei und verschwindet in die Küche.

»Also wer?«, rufe ich ihm nach.

Er steckt seinen Kopf durch den Türrahmen und raunzt: »Frage ich dich nach dem Namen des alten Knackers, mit dem ich dich erwischt habe?«

»Erwischt? Wir haben ein Glas Wein getrunken und uns unterhalten, bis du wie ein Berserker aufgetaucht bist und uns beide bis auf die Knochen blamiert hast.«

Ich gehe zu ihm und greife in meine Hosentasche. »Übrigens, er heißt Friedrich und ist ein Bekannter meiner Schwester.« Zum Beweis reiche ich Marek die Visitenkarte.

Er liest: »*Seelsorge und Lebensberatung*? – Wieso brauchst du einen Seelsorger?«

»Jeder braucht einen Menschen, der einem zuhört. Du tust es ja nicht!«

Marek lenkt ein. »Dann rede jetzt mit mir. Ich bin ganz Ohr.«

Von einem Moment zum anderen wird mein Mund staubtrocken. Ich muss dringend einen Schluck trinken, wenn ich das aussprechen will, worüber ich während der Autofahrt intensiv nachgedacht habe.

Im Kühlschrank befindet sich noch eine halb volle Flasche Milch. Ich nehme einen großen Schluck direkt aus der Pulle.

Marek beobachtet mich dabei ungläubig. »Kein Glas? Du erstaunst mich.«

Gleich werde ich ihn noch mehr erstaunen. Ich hole tief Luft und schaue ihn direkt an. »Ich möchte mein Leben zurück.«

»Wie bitte?«

Es war sonnenklar, dass er es nicht sofort begreift, also werde ich deutlicher. »Ich will so nicht mehr weitermachen und möchte meiner Wege gehen.«

Ich kann sehen, wie er schluckt. »Warum? Was stört dich an unserem Leben?«

Er sollte mich lieber fragen, was mir fehlt. Doch ich habe schon so oft versucht, ihm das zu erklären. Er hat es bisher nicht verstanden, folglich wird er es auch jetzt nicht begreifen. Also lasse ich es.

»Ich gehe am Montag wieder zur Arbeit«, verkünde ich.

»Bin ich dir so zuwider, dass du dich in die Arbeit flüchten musst?«

»Ich brauche das Geld. Auf dich kann ich ja nicht zählen.«

Mit diesem Vorwurf habe ich ihn aus der Reserve gelockt. »Es war *dein* Wunsch, dass ich bei Mika bleibe. Also halte mir nicht vor, dass ich kein Geld verdiene.«

»Du musst nicht mehr den Hausmann mimen und kannst deinen Job wieder aufnehmen. Bis Mika einen Betreuungsplatz bekommt, wird Irene sich um ihn kümmern. Ich habe es bereits mit ihr besprochen.«

Wütend haut er auf den Tisch. »Hast du eine Ahnung, wie sehr es mich ankotzt, dass du mich ständig vor vollendete Tatsachen stellst? Ich bin nicht dein Hampelmann! Also behandle mich nicht so!«

War ja klar, dass er wieder unsachlich wird. Jetzt will er sich auch noch beleidigt verdrücken. Aber heute lasse ich ihn nicht vom Haken. »Bleib! Ich will das ein für alle Mal zu Ende bringen.«

»Was kommt denn noch? Willst du mich etwa auffordern, auszuziehen? Kein Problem! Aber Mika nehme ich mit!«

»Vergiss es! Das hier ist sein Zuhause. Wir werden ihn nicht aus seiner gewohnten Umgebung reißen.«

»Sondern? Bestimmt hast du schon einen Plan, wie es gemacht wird.«

Ich nicke. »Stimmt. Ich möchte dir vorschlagen, dass wir uns das Haus teilen.«

Marek lacht spöttisch auf. »Wie soll das denn funktionieren? Willst du etwa eine Trennlinie ziehen und die Räume in *deine* und *meine* Hälfte splitten?«

»Falsch. Ich meine eine *zeitliche* Aufteilung. Eine Woche wohnst du hier, die andere Woche bin ich dran. Auf diese Weise ändert sich für Mika nichts. Das ist doch die perfekte Lösung, oder?«

Wieder trifft mich sein eiskalter Blick. »Ist das auf deinem Mist gewachsen oder hat dir das dein Rosenkavalier vorgeschlagen?«

Ich bäume mich auf. »Die Idee ist mir selbst gekommen. Ich brauche keinen Mann, der für mich denkt!«

»Weißt du, Inga«, setzt er an, spricht seinen Satz aber nicht aus, denn Mika kommt zu uns in die Küche gestürmt und schwenkt einen Bogen Papier in die Luft.

»Schau mal, Papi. Ist das Bild gut geworden?«

Sofort verschwindet der scharfe Ton aus Mareks Stimme. »Gut? Das ist großartig! Du bist ein wahrer Künstler.«

»Rate mal, wer Brummer ist?«, fordert mein Sohn seinen Vater kichernd auf und strahlt dabei über das ganze Gesicht. Dieser tippt auf die Mitte der Zeichnung. Keiner der beiden hält es für nötig, auch mir das Bild zu zeigen. Mal wieder werde ich ausgegrenzt.

»Darf ich das behalten?«, fragt Marek.

Mika nickt. »Dann male ich jetzt noch welche für die anderen aus unserem Team«, und saust zurück in sein Zimmer.

Ich will endlich wissen, von welchem *Team* die Rede ist, und reiße Marek das Kunstwerk aus der Hand.

Mit bunten Stiften hat Mika ein Boot gezeichnet, in dem vier Personen sitzen. Zwar sehen die Ruder aus wie Bratpfannen, dennoch erkenne ich, dass es sich um den legendären Vierer handelt. »Du hast wieder Kontakt zu deinen Sportfreunden? Ich dachte, das hätte sich erledigt.«

Marek blickt mich provozierend an. »Stell dir vor, Inga. Es gibt tatsächlich noch Menschen, denen von meinem Geruch nicht übel wird und die meine Gesellschaft schätzen, ohne zu ersticken, sobald sie meine Stimme hören.«

Ich bekomme augenblicklich ein schlechtes Gewissen. Das hätte ich nicht zu ihm sagen dürfen. Damit habe ich eindeutig unter die Gürtellinie gezielt. Es tut mir aufrichtig leid und ich will mich entschuldigen, doch Marek dreht mir den Rücken zu und verlässt den Raum.

Er steht im Flur, wechselt die Schuhe und teilt Mika mit, dass er jetzt eine Runde joggen wird. »Komm schnell her und gib mir einen Gutenachtkuss, denn es könnte sein, dass du schon schläfst, wenn ich wiederkomme.«

Sekunden später schlägt die Tür mit einem lauten Knall zu. Nachdem nun alles geklärt ist, sollte ich mich eigentlich befreit fühlen. Doch so ist es nicht. Mir ist hundeelend.

WOHIN?

MAREK

Ich weiß weder, wohin ich laufen soll, noch wohin mit meiner Wut, mit meiner Enttäuschung und dem tiefen Schmerz, der in meiner Brust wie ein loderndes Feuer brennt. Was denkt sich diese Frau? Halbe-halbe, wie soll das gehen? Wo soll ich bleiben, wenn sie ihre Woche hat? Und wo wird sie unterkriechen, wenn ich Vaterzeit habe? Dieser Punkt macht mir am meisten zu schaffen. Ich werde das Gefühl nicht los, dass es einen anderen Mann gibt, der meine kleine, aber über alles geliebte Familie zerstört. Der Typ vom Bootssteg ist es also nicht. Aber wer sonst hat ihr die Blumen geschickt und ihr diese Flausen in den Kopf gesetzt?

Obwohl ich mir vorgenommen habe, einmal ganz um die Außenalster zu laufen, geht mir auf halber Strecke die Puste aus. Verzweifelt lasse ich mich am Ufer auf eine Parkbank fallen und starre aufs Wasser.

Dass ausgerechnet in diesem Moment der Zweier meines ehemaligen Ruderclubs an mir vorbeizieht, gibt mir den Rest. Das Gesicht in den Händen vergraben weine ich wie ein Kind.

Warum reiche ich ihr nicht? Ich würde alles für sie tun, so sehr liebe ich sie. Aber das Einzige, was sie von mir will, ist Abstand. Wenn ich nur wüsste, was ich falsch gemacht habe.

Meine Gedanken kreisen unentwegt um das Warum, während sich die Verzweiflung tief in meine Seele frisst. Es dauert eine Ewigkeit, bis ich mich wieder einigermaßen unter Kontrolle habe.

Ich jogge nicht, sondern schleiche zurück. Es wird schon dunkel, als ich das Haus erreiche, das ich vor wenigen Tagen noch als mein Heim und den Ort angesehen habe, an dem ich bis ans Lebensende zusammen mit Inga und Mika glücklich sein wollte.

Im Stillen habe ich immer gehofft, es würde noch ein kleines Mädchen dazukommen. Aus heutiger Sicht ist es gut, dass sich dieser Wunsch nicht erfüllt hat. Nicht auszudenken, dass noch ein Mensch leiden muss.

Ich schließe auf und merke schon in der Diele, dass alles schläft. Es herrscht wieder diese bedrückende Stille, die ich auf den Tod nicht ausstehen kann. Ich beschließe zu duschen und marschiere zum Bad. Vorbei an unserem Schlafzimmer, an dessen Tür ein gelber Post-it-Zettel klebt. Ich reiße ihn ab und erkenne sofort Ingas Handschrift.

Es tut mir leid. Ich wollte dir nie wehtun.

»Das ist dir aber komplett misslungen!«, seufze ich und drücke vorsichtig die Klinke hinunter. Aber die Tür öffnet sich nicht. Sie hat von innen abgeschlossen.

Völlig verwirrt schaue ich ins Wohnzimmer und finde meine Decke und das Kopfkissen sowie frische Kleidung auf dem Sofa.

Ich komme mir vor wie in einem schlechten Film.

Um mich auf andere Gedanken zu bringen, stelle ich den Fernseher an. Doch selbst das Sportstudio kann mich nicht ablenken. Zwar höre ich Stimmen und sehe Bilder, doch sie ergeben keinen Sinn. Sie sind genauso konfus wie die Situation, in der ich mich befinde.

Das Klingeln meines Handys reißt mich aus meinen trüben Gedanken. Claudius bewahrt mich mit seinem Anruf davor, in Selbstmitleid zu versinken.

»Na? Alles klar? Ich muss die ganze Zeit an dich denken.«

Im Hintergrund höre ich Moritz' Stimme. »Frag ihn, ob er ihr den Stinkefinger gezeigt hat.«

Ich stöhne laut auf. »Richte ihm aus, dass *sie* mir den Finger gezeigt hat.«

»Ach, Marek, das tut mir aufrichtig leid.«

Ich will Claudius' Mitleid nicht. Ich widerspreche vehement, als er beteuert, genau zu wissen, wie ich mich fühle. »Das kannst du gar nicht. Du bist kein Vater.«

Moritz ruft dazwischen. »Sag ihm, dass wir ihn morgen früh um Punkt sieben Uhr abholen. Dann schaffen wir es, rechtzeitig vor den Entscheidungsrennen in Allermöhe anzukommen.«

Ich wundere mich darüber, dass die beiden noch immer für unseren Sport brennen. »Ihr wollt euch das wirklich ansehen?«

»Logisch! Bitte, komm mit. Dann könnten wir mal wieder richtig klugscheißen und vor all den Losern mit unseren Erfolgen prahlen.«

Ich finde, das klingt nach mehr Spaß, als den Sonntag mit Inga zu verbringen, oder besser gesagt, ihr aus dem Weg zu gehen. »Wenn du nicht darauf bestehst, dass wir unsere Medaillen um den Hals tragen, bin ich dabei.«

Claudius gibt mir den Tipp, vor dem Schlafengehen einen doppelten Whisky zu trinken. »Der hilft dir, alle bösen Gedanken auszublenden.«

»Ich werde es in Erwägung ziehen.« Nun schleicht sich doch ein kleines Schmunzeln auf meine Lippen. »Bis morgen, Brummer.«

Inga allein zu Haus

Inga

Schon um halb sieben in der Früh werde ich vom Wasserrauschen im Badezimmer geweckt. Wenn Marek bereits duscht, wird es nicht lange dauern, bis auch Mika aufsteht. Bevor er wieder versucht, zu mir ins Schlafzimmer zu kommen, springe ich aus dem Bett und schließe auf. Der kleine Zettel haftet nach wie vor an der Tür. Ich reiße ihn ab, denn ich bin mir sicher, dass der Adressat dieser Notiz meine Entschuldigung bereits gelesen hat.

Auf dem Sofa liegen noch immer Decke und Kissen, die ich dort für ihn deponiert habe. Damit Mika nicht sieht, dass sein Vater die Nacht auf der Couch verbracht hat, räume ich eilig das Bettzeug weg.

Im Flur treffe ich auf Marek. Nur mit einem Handtuch um die Hüften folgt er mir wortlos ins Schlafzimmer.

Es scheint mir unpassend, ihm einen guten Morgen zu wünschen, geschweige denn ihn zu fragen, ob er gut geschlafen hätte. Andererseits will ich etwas sagen, um das Schweigen zu brechen.

Ohne mich eines Blickes zu würdigen, öffnet Marek die Schublade, in der seine Boxershorts aufbewahrt werden.

Ich setze mich auf die Bettkante und beobachte, wie er den Stapel durchwühlt. »Ich habe dir doch schon Sachen rausgelegt.«

»Lass das künftig. Ich brauche keine Stilberatung, denn ich bin sehr wohl in der Lage, mir meine Kleidung selbst auszusuchen.«

Ich verstehe. Das war mal wieder ein Seitenhieb auf meinen Job. Seit ich wieder arbeite und hochwertige Herrenkonfektion für unsere Stores auswähle, hat Marek sich schon öfter abfällig über meinen Aufgabenbereich geäußert. Er kann diesem *völlig überteuerten Designer-Kram*, wie er die Modelle namhafter Labels nennt, nichts abgewinnen.

Als ich ihm einen Anzug aus der aktuellen Musterkollektion mitgebracht habe, hat er mich dreist ausgelacht. »Wann soll ich den denn anziehen? Etwa, wenn ich mit Mika auf den Spielplatz gehe?«

»Der kostet im Verkauf schlappe zweitausend Euro«, habe ich ihm erklärt und mich geärgert, dass er den edlen Zwirn einfach in den Schrank gehängt hat, ohne ihn überhaupt anzuprobieren. Da hängt er übrigens immer noch.

Seit Marek Hausmann ist, liebt er es casual. In Jeans und Shirt fühlt er sich wohl.

Das war nicht immer so. Ich erinnere mich noch gut an den Tag, als wir uns zum ersten Mal begegnet sind. Es war in der Bar, in der ich mich nach Feierabend mit Freunden zu einem Drink verabredet hatte. Marek stand mit einem Kollegen am Nebentisch. Die beiden blätterten im Hochglanzprospekt eines deutschen Automobilherstellers und quatschten über Cabrios. Immer wieder trafen sich unsere Blicke.

Belustigt fragte Marek seinen Begleiter: »Rot? Das ist nicht dein Ernst.« Doch sein Kollege schien Gefallen an der Farbe zu finden.

»Nachtblau«, mischte ich mich mit einem mutigen Zwischenruf ein.

»Bitte?« Marek sah mich grinsend an.

Mit meinem Glas in der Hand gesellte ich mich zu ihnen und musterte den Mann meiner Begierde. »Nachtblau, so wie Ihr Anzug.«

»Mein Anzug ist schwarz«, widersprach Marek sichtlich amüsiert.

Weil ich ihn wirklich attraktiv fand und er ebenfalls nicht abgeneigt wirkte, wagte ich mich weiter vor. »Also gut! Wenn Sie recht haben, laden Sie mich morgen zum Essen ein. Sollte ich richtig liegen, zahle ich.«

Eigentlich war es völlig egal, ob nun schwarz oder blau. Das Funkeln in seinen Augen bestätigte mir, dass ich ihn am Haken hatte.

Ein freundliches »Guten Morgen, mein Schatz« reißt mich aus meinen Erinnerungen.

Marek nimmt Mika auf den Arm, der sein Kuscheltier noch völlig verschlafen an sich drückt. Erst mit einiger Verzögerung bemerkt unser Sohn, dass Marek heute keinen Trainingsanzug trägt. Seine kleine Stirn runzelt sich.

»Willst du weg, Papi?«

Marek nickt. »Ich treffe mich gleich mit Moritz und Claudius. Wir wollen uns die Ruderregatta ansehen. Willst du mit?«

Sofort ist Mika hellwach. Ohne mir Guten Morgen zu wünschen, rennt er in sein Zimmer.

»Wie nett«, murmle ich unzufrieden, denn Marek macht meinen Plan, heute mit meinem Sohn in den Zoo zu gehen, mit einem Schlag zunichte.

Enttäuscht schlurfe ich in die Küche, um Kaffee zu kochen. Doch das hat Marek auch schon erledigt.

Nun steht er stumm neben mir und schmiert eine Scheibe Brot. »Wurst oder Käse?«, ruft er ins Kinderzimmer.

Nachdem Mika ihm geantwortet hat, dass es ihm egal sei, füllt der fürsorgliche Superdaddy den Kinderbecher mit Kakao.

Noch immer sieht er mich nicht an. Stattdessen stiert er ständig aus dem Fenster.

Ich finde, es reicht. »Bringt es dir Spaß, mich zu ignorieren?«

»Wieso beschwerst du dich? Das ist doch das, was du wolltest.«

Ich mache einen versöhnlichen Schritt auf ihn zu. »Ich wollte dich wirklich nicht kränken.«

»Das habe ich gelesen«, antwortet er kühl und stolziert an mir vorbei. »Bist du fertig, Mika?«

»Nur noch Schuhe«, tönt es aus dem Kinderzimmer.

»Dann komm! Wir müssen uns sputen. Moritz ist gerade vorgefahren.«

Verwundert nehme ich zur Kenntnis, dass sich die beiden fünf Minuten später von mir verabschieden. Ich bekomme sogar ein Küsschen von meinem Sohn.

»Ich wünsche euch viel Spaß«, rufe ich ihnen hinterher, erhalte jedoch keine Antwort mehr.

Mit einem dumpfen Gefühl in der Brust sehe ich mich in dem stillen Haus um, ehe mein Blick auf die Wanduhr fällt. *Sieben Uhr?* Da gibt es nur eins, ich gehe wieder ins Bett.

Gegen elf summt mein Handy. Ich habe eine SMS erhalten. Neugierig greife ich zu meinem Telefon.

Gut gelandet? Wie ist das Wetter?

Ich setze mich erfreut auf und antworte sofort. *Bin zu Hause. Hier scheint die Sonne.*

Ich habe gewusst, dass du bleibst. Hast du meine Blumen bekommen?

Ich schlucke und denke daran, dass sie im Mülleimer gelandet sind. *Ja, danke. Sie sind wunderschön.*

Können wir uns sehen?

Heute?

Unbedingt heute!

Mein Herz hüpft. *Wann und wo?*

In einer Stunde im Hotel? Ich warte in der Lobby auf dich.
   Okay. Ich freue mich.

Nicht sechzig, sondern geschlagene neunzig Minuten später fahre ich mit meinem Wagen auf den Hotelparkplatz. Ich habe mich herausgeputzt und dufte nach dem Parfum, das Marek Übelkeit bereitet.

Unsicher schaue ich mich in der Lobby um. Von Jan fehlt jede Spur.

Ich marschiere zum Empfang und erkundige mich nach ihm. Der Portier wirft einen kurzen Blick auf seinen Monitor. »Er ist auf seinem Zimmer.«

Ich bitte ihn, für mich anzurufen.

Kurz darauf verkündet er: »Herr Johannsen lässt ausrichten, dass Sie hinaufkommen können. Er hat Suite 308.«

Das kann er vergessen! »Richten Sie ihm bitte aus, dass ich hier unten warte.«

Während der Empfangsmitarbeiter meiner Bitte nachkommt, verweile ich am Tresen und schaue ihn prüfend an. Nach eingehender Musterung möchte ich ihm liebend gern einen anderen Anzug empfehlen. Ich habe nämlich den Kennerblick. Für mich ist ein schwarzer Anzug nicht einfach nur *ein schwarzer Anzug*.

Ich weiß sofort, aus welchem Material er besteht. Dieser ist nicht nur von minderer Qualität, er passt ihm auch nicht. Es liegt mir auf der Zunge, ihn zu fragen, wer hier für die Uniformen der Mitarbeiter zuständig ist, lasse es jedoch, weil Jan gerade aus dem Lift steigt.

»Sorry, Inga. Nachdem ich eine halbe Stunde vergeblich auf dich gewartet habe, wollte ich dich anrufen. Erst da habe ich gemerkt, dass mein Handy noch im Zimmer liegt. Deshalb musste ich noch mal rauf und habe dich verpasst«, entschuldigt er sich und begrüßt mich mit einem Wangenkuss. »Toll siehst du aus. Stilvoll und wie immer megasexy.«

»Was stellen wir an?«, frage ich und zupfe unsicher an meinem engen Bleistiftrock.

»Du hattest versprochen, mir die Stadt zu zeigen. Steht dein Angebot noch?«

Nun bin ich erleichtert. Ich hatte nämlich schon befürchtet, dass der Mann, der seit Wochen meine Gefühle durcheinanderwirbelt, mich plump aufs Zimmer locken würde, um mich flachzulegen. Bevor ich dazu bereit wäre, will ich ihn erst besser kennenlernen.

Jan bekommt die typische Stadtführung. Ich zeige ihm die Sehenswürdigkeiten, an denen alle Touristen interessiert sind, die die Hansestadt besuchen.

Während wir durch die HafenCity bummeln, legt er lässig den Arm um meine Schultern.

Seine Berührungen gehen nicht spurlos an mir vorbei. Dennoch lasse ich sie zu, denn Jan verfügt über einen unwiderstehlichen Charme und schafft es, dass ich alles um uns herum vergesse.

Wir reden nicht über die Arbeit, die uns verbindet und über die wir uns gleich nach meinem Wiedereinstieg kennengelernt haben. Auch meine private Situation sparen wir aus, wofür ich besonders dankbar bin. Trotzdem oder gerade deshalb haben wir unbändigen Spaß.

Nach drei Stunden blickt er auf die Uhr und fragt, wo wir auf die Schnelle noch etwas essen könnten.

»Auf die Schnelle?«, hake ich nach und verspüre einen kleinen Stich der Enttäuschung.

Jan sieht mich schuldbewusst an. »Tut mir leid. Mein Flieger geht in Kürze.«

Ich verziehe das Gesicht. Damit, dass er heute nach Kopenhagen zurückfliegt, habe ich nicht gerechnet.

»Komm doch mit«, schlägt er vor.

Überfordert von seiner spontanen Einladung, weiche ich zwei Schritte zurück und sehe ihn kopfschüttelnd an. »Nein.«

Er streckt den Arm nach mir aus. »Wieso nicht? Du hast doch Urlaub und ich würde dir so gern mein Atelier zeigen. Gib dir einen Ruck, Inga.«

Das mit dem Ruck klappt nicht. Mit ehrlichem Bedauern lehne ich ab. »Ich kann dich nicht begleiten, Jan. Noch nicht!«

Betrübt lässt er die Hand wieder sinken. »Dann sehen wir uns wohl erst an den Ordertagen in Düsseldorf wieder.«

Ich nicke. »Aber ich hätte nichts dagegen, wenn du dich bis dahin ab und zu mal meldest.«

NÄGEL MIT KÖPFEN

MAREK

Meine Jungs beweisen Feingefühl und stellen mir in Mikas Beisein keine Fragen. Erst als Moritz den Kleinen ablenkt und mit ihm zum Getränkestand geht, nimmt Claudius mich zur Seite und erkundigt sich nach dem Stand der Dinge.

»Sie hat mich ausquartiert. Ich habe die Nacht auf dem Sofa verbracht«, gestehe ich mit belegter Stimme. In kurzen Worten berichte ich ihm von Ingas Vorschlag.

»Und wo willst du *deine* Woche verbringen?«

Ich zucke mit den Achseln. »Keine Ahnung. Bei der aktuellen Wohnungsknappheit wird es nicht leicht sein, eine bezahlbare Bude zu finden.«

»Alter, du bist echt arm dran. Dagegen ist Moritz' Situation ja der reinste Kindergeburtstag.«

»Wer hat Geburtstag?«, will Mika wissen, der meinen Kumpel offensichtlich bequatscht hat, ihm eine Cola zu spendieren. Obwohl ich bekanntlich kein radikaler Ernährungsfanatiker bin, möchte auch ich nicht, dass mein Sohn dieses Zeug trinkt. Ich nehme ihm die Flasche kurzerhand ab. »Vielen Dank, Mika.«

Mein Sohn zieht eine Schnute. »Aber wir müssen es Mama doch nicht verraten.«

»Damit fangen wir gar nicht erst an«, bestimme ich und entscheide, ihm stattdessen einen Saft zu kaufen.

Während Mika und ich in der Schlange anstehen, beobachte ich Claudius und Moritz aus einiger Entfernung. Sie haben die Köpfe zusammengesteckt und tuscheln. Ich bin mir sicher, dass sie über mich sprechen.

Und richtig. Gleich bei unserer Rückkehr bietet Moritz mir in einem günstigen Moment an, vorübergehend bei ihm unterzukommen. »Wenn dir ein Sofa reicht, bist du herzlich willkommen.«

Ich klopfe ihm freundschaftlich auf die Schulter und bedanke mich für sein Angebot. »Wirklich nett von dir, aber du wohnst einfach zu abgelegen. Ohne Auto …«

Er unterbricht mich sofort. »Was soll das denn bedeuten? Du hast doch einen Kombi.«

»Den braucht Inga, um zur Arbeit zu fahren.«

Moritz schnaubt. »Hamburg verfügt über ein erstklassiges öffentliches Verkehrsnetz. Verdammt, Marek, lass dich doch nicht von ihr unterbuttern! Wenn sie darauf besteht, dass du euer gemeinsames Haus verlässt, dann nimmst du gefälligst den Wagen!«

Ich denke eine Weile über seinen Rat nach und komme zu dem Ergebnis, dass er absolut recht hat. Es wird Zeit, mich zu behaupten.

Ich spiele in Gedanken verschiedene Möglichkeiten durch, während das Rennen wie im Flug an mir vorüberzieht. Claudius, Moritz und Mika sind ganz dabei und feuern ausgelassen unseren ehemaligen Verein an. Doch es nützt nicht viel.

»Schade, wieder nur Platz zwei«, seufzt ein Mann neben uns, der offensichtlich nicht mit dem Ausgang des letzten Rennens zufrieden ist.

Moritz dreht den Kopf und reißt überrascht die Augen auf. »Herr Hammerschmidt?«

»Ja?«, nickt der Mann sichtlich verlegen, weil er Moritz anscheinend nicht zuordnen kann. Erst mit etwas Verzögerung fällt bei ihm der Groschen. »Sie sind der Architekt von Frau Smolka.«

Die beiden reichen sich die Hand.

»Was für ein Zufall, dass wir uns hier treffen. Ich hatte mir bereits vorgenommen, Sie morgen in Ihrer Kanzlei anzurufen«, erklärt Moritz.

»Dann machen Sie das bitte. Heute bin ich nämlich privat hier, um meinen Sohn bei seinem Rennen zu unterstützen«, erwidert der Typ höflich, der offensichtlich noch immer nicht verschmerzt hat, dass sein Filius nur Zweiter geworden ist.

Ich werde das Gefühl nicht los, dass er mich anstarrt. »Sie kenne ich auch irgendwoher«, meint er plötzlich und tritt einen Schritt auf mich zu.

»Das ist mein Freund Marek Bahlburg«, erklärt Moritz. Er hat seinen Satz gerade ausgesprochen, als sich Hammerschmidts Gesicht entspannt und er mich freundlich anlächelt.

»Natürlich! Sie waren doch der Vorzeige-Schlagmann in unserem Club«, platzt es plötzlich aus ihm heraus. »Wie lange ist das her?«

Claudius mischt sich ein. »Fünf Jahre. Drei von unserem legendären Vierer sind heute hier. Darf ich mich vorstellen?«

Da mir das Gedrängel zu viel wird, ziehe ich Mika von den Männern weg und gehe mit ihm an der Hand näher ans Ufer, um das nächste Rennen zu verfolgen. Dabei entgeht mir nicht, dass er langsam die Lust am Zuschauen verliert.

»Willst du nach Hause?«, erkundige ich mich.

Er nickt. Ich setze ihn auf meine Schultern und kehre zu den Jungs zurück. »Wir machen jetzt einen Abflug.«

Sie winken uns wortlos zu und setzen das Gespräch mit dem Anwalt fort.

Für die Heimfahrt, die ich mit dem Wagen binnen zwanzig Minuten zurücklegen könnte, brauchen wir mit Bus und S-Bahn länger als eine Stunde.

Mika ist völlig erledigt, als wir zu Hause ankommen.

Während ich uns eine warme Mahlzeit zubereite, schläft er auf dem Sofa ein. Vorsichtig hebe ich ihn hoch und trage ihn ins Bett.

Lustlos stochere ich auf dem Teller herum, als sich die Haustür öffnet und Inga hereinspaziert. Ihr glückseliger Gesichtsausdruck fällt sofort in sich zusammen, als sie mich bemerkt.

»Ihr seid schon zurück?«, bemerkt sie und will wissen, wo Mika ist. Ohne meine Antwort abzuwarten, geht sie ins Kinderzimmer und hinterlässt eine Wolke dieses unsäglichen Parfums.

Als sie zurückkommt, fordere ich sie auf, sich zu setzen. »Lass uns Nägel mit Köpfen machen. Wie soll das künftig laufen? Wann beginnt die Woche?«

Mein forsches Auftreten scheint sie zu überraschen. Sie nimmt mir gegenüber Platz und schaut mich schuldbewusst an. »Ich weiß es nicht. So genau habe ich das noch nicht durchdacht«, stottert sie.

»Aber ich!«, kontere ich und stehe auf. »Die Woche beginnt jetzt. Ich werde einige Sachen zusammenpacken. Am nächsten Sonntagnachmittag komme ich zurück und wäre dir sehr dankbar, wenn wir einen fliegenden Wechsel hinbekämen. Ich lege nämlich keinen Wert darauf, dich länger als nötig um mich zu haben. Übrigens, den Wagen nehme ich mit.«

Inga hat es die Sprache verschlagen. Sie braucht einige Minuten, um meine Ansage zu verdauen.

Mit meiner Tasche stehe ich im Flur und will nach meiner Jacke greifen, als sie sich vor die Haustür stellt und mir den Weg versperrt.

»Was soll ich Mika sagen, wenn er wach wird und du nicht mehr da bist?«, fragt sie unsicher.

»Da fällt dir bestimmt was ein.« Ich schiebe sie zur Seite und verlasse hoch erhobenen Hauptes mein Teilzeit-Zuhause.

Noch bevor ich ins Auto steige, rufe ich Moritz an.

»Steht dein Angebot noch?« Meine Stimme klingt barsch, obwohl mein Zorn natürlich nicht ihm gilt.

Moritz nimmt es mir nicht krumm. »Logisch. Komm ins Clubhaus. Wir sitzen hier mit Hammerschmidt zusammen. Es gibt etwas zu feiern.«

Ich habe keinen Schimmer, was Moritz so in Euphorie versetzt. Aber er lässt mich nicht lange im Dunkeln tappen.

»Ich kriege das Penthouse«, ruft er aus und klingt, als könnte er sein Glück kaum fassen. »Claudius hat den Deal gerade per Handschlag besiegelt.«

Na, wenigstens läuft es bei einem von uns.

MERYL

INGA

Meine Bedenken, dass Mika traurig sein wird, wenn ich ihm gestehe, dass sein Papa erst am nächsten Sonntag wiederkommt, waren völlig unbegründet. Er nimmt die Nachricht, dass Marek seinen Freunden bei einer wichtigen Sache helfen müsse, wie selbstverständlich auf.

»Bestimmt soll er für Brummer ein neues Boot aussuchen. Damit kennt Papa sich nämlich aus«, erklärt mein kleiner Besserwisser und klettert in Erwartung seines Frühstücks auf den Stuhl.

Gleich darauf eröffne ich ihm, dass sich noch mehr an unserem Tagesablauf ändern wird. »Irene kommt gleich zu uns und macht dir Pancakes. Du darfst bei ihr bleiben, während ich arbeite.«

Auch das scheint ihm nichts auszumachen.

Erleichtert verziehe ich mich ins Bad, um mich vor dem großen Spiegel zu schminken.

Noch während ich einen Lidstrich ziehe, höre ich die Stimme unserer Nachbarin. Sie ist durch den Garten gekommen und eröffnet ihm ganz euphorisch, was sie sich für die kommenden Tage ausgedacht hat.

»Du hast doch eine Badehose, oder, Mika?«

Er hat sogar zwei, die noch immer im Koffer liegen. Ich gehe ins Schlafzimmer und hole sie. »Wenn ihr ins Freibad wollt, musst du mir versprechen, ihn nicht ins Tiefe zu lassen. Er kann nämlich noch nicht schwimmen«, gebe ich zu bedenken und drücke Irene ein Küsschen auf die Wange. »Ich danke dir sehr für deine Unterstützung.«

»Mach dir keine Gedanken. Ich werde den kleinen Schatz nicht eine Sekunde aus den Augen lassen.«

Ich vertraue ihr vollkommen und verlasse unbesorgt das Haus, um das erste Mal mit dem Bus zur Firma zu fahren.

Ich warte an der Haltestelle und stelle mir vor, wie dumm meine Kollegen gucken werden, wenn ich gleich unverhofft aufschlage. Sie gehen fest davon aus, dass ich es mir auf der Deutschen liebsten Insel gut gehen lasse.

Meryl, die Chefeinkäuferin und meine direkte Vorgesetzte ist, war überhaupt nicht davon begeistert, dass ich gerade jetzt meinen Jahresurlaub genommen habe. Sie, die eigentlich Marita heißt und nur hinter vorgehaltener Hand Meryl von uns genannt wird, trägt ihren Spitznamen zu Recht. So resolut wie Meryl Streep in dem Film *Der Teufel trägt Prada* führt auch sie ihr strenges Regiment und schafft es ständig, uns mit ihrer kompromisslosen Art an den Rand des Wahnsinns zu bringen.

Bevor ich mich an meinen Arbeitsplatz begebe, melde ich mich bei ihr. Statt zu klopfen, winke ich ihr durch die Glaswand freundlich zu.

Sie lächelt mich an. Wie unheimlich! »Inga, meine Liebe! Komm doch rein.«

Komplett irritiert über ihren freundlichen Tonfall betrete ich das Chefbüro, in das wir üblicherweise nur zitiert werden, um uns einen Anschiss abzuholen.

Sie erhebt sich vom Chefsessel und bietet mir nicht nur einen Platz an, sondern erkundigt sich obendrein auch noch, ob ich einen Smoothie möchte.

Verdattert starre ich sie an.

Ohne mich aus den Augen zu lassen, zieht sie die Schreibtischschublade auf und greift nach zwei Flaschen. »Rot oder orange?«

»Weder – noch«, erwidere ich schließlich und glaube ernsthaft, mich in der Tür geirrt zu haben. Aber vor mir sitzt der gefürchtete Dobermann. Eine Frage schießt mir durch den Kopf: *Ist sie bekifft oder warum grinst sie so debil?*

Da sie mir allmählich wirklich Angst macht, komme ich lieber gleich zum Punkt. »Wenn du willst, kannst du meinen Urlaubsantrag zerreißen. Ich stehe zur Verfügung.«

»Ich wusste, dass du mich nicht hängen lässt«, tönt sie, stellt die Smoothies auf den Tisch und lässt sich mit gewohnter Arroganz zurück in den dick gepolsterten Ledersessel sinken. Dabei betrachtet sie mich, als ob ich einen dicken Pickel auf der Nase hätte. »Kann ich offen mit dir reden, Inga?«

Ich nicke. »Selbstverständlich kannst du das.«

»Allerdings muss ich sicher sein, dass das, was ich dir anvertraue, definitiv unter uns bleibt.« Sie will nach meiner Hand greifen, aber ich ziehe sie reflexartig zurück.

»Inga, du bist die Einzige, die das Zeug hat. Dafür, wie du es schaffst, Beruf und Familie unter einen Hut zu bekommen, zolle ich dir meinen ganzen Respekt.«

Noch immer weiß ich nicht, was hier gerade passiert. Doch es wird noch grotesker.

»Dass du auf deinen Urlaub verzichtest, um mich nicht im Stich zu lassen, bestätigt mich in meiner Entscheidung, dich als meine Stellvertreterin vorzuschlagen.«

»Bitte was?«

Plötzlich kreischt sie los: »Ich bin schwanger, Inga.«

Mir fällt alles aus dem Gesicht. Meryl geht stramm auf die Fünfzig zu.

Ich schwanke zwischen »Igitt« und »Grundgütiger Gott«.

Meiner verrückten Vorgesetzten treten Tränen der Rührung in die Augen. »Ich bin so überwältigt. Nie hätte ich gedacht, dass mir dieses Glück noch zuteilwird. Es ist ja kein Geheimnis, dass ich die Vierzig schon überschritten habe.«

Überschritten? Ich muss mich zusammenreißen, um nicht gleich loszuprusten.

»Künftig muss ich kürzertreten. Schließlich handelt es sich um eine Risikoschwangerschaft. Deshalb werde ich auch nicht an den Ordertagen teilnehmen können.« Sie macht eine längere Pause. »Ich möchte dir die Verantwortung übertragen.«

»Ich soll alleinverantwortlich …?«, frage ich ungläubig nach.

Sie nickt. »Oder traust du dir das nicht zu?«

Natürlich traue ich mir das zu. Die Vorstellung, nicht nur eine Vorauswahl treffen zu dürfen, die letztendlich von Meryl abgenickt wird, beflügelt mich.

»Ich fühle mich geehrt«, antworte ich und greife nun doch zum Smoothie.

Sie zwinkert mir verschwörerisch zu. »Wir Mütter müssen doch zusammenhalten. Aber nun raus hier. Ich habe noch zu tun. Und kein Wort zu den Hühnern!«

Ich bin gerade vom Oberhuhn zur stellvertretenden Chefeinkäuferin befördert worden und kann mein Glück kaum fassen. Trotz des Verbots möchte ich jemandem diese tolle Nachricht mitteilen. Dafür kommt nur eine Person infrage. Ich schreibe Jan eine SMS.

Keine zehn Minuten später erhalte ich seine Antwort.

Gratuliere. Das hast du verdient. Wir müssen das unbedingt feiern.

Ich antworte ihm, dass wir es in Düsseldorf gewaltig krachen lassen werden.

Warum kommst du nicht am Wochenende zu mir? Ich schulde dir eine Stadtführung.

Keine schlechte Idee. Allerdings müsste ich das mit Marek absprechen. Ich hoffe, dass er mitspielt.

Einen Vogel zeigen

Marek

Seit drei Tagen ruft Inga ständig bei mir an. Jedes Mal, wenn ich kurz davor war, ihre Anrufe anzunehmen, hat Moritz mich erfolgreich davon abgehalten. Gleich darauf habe ich mich bei Irene gemeldet.

»Mit Mika ist alles klar«, hat sie mir stets versichert. Mehr muss ich nicht wissen.

Moritz reicht mir eine Flasche Bier und sieht mich fragend an. »Warum ziehst du so ein Gesicht?«

Ich nehme erst einen kräftigen Schluck, bevor ich ihm antworte. »Ich kriege meinen Posten nicht zurück. Mein Boss war so dreist und hat mir tatsächlich angeboten, als *Sales Assistant* wieder einzusteigen.«

Mein Kumpel schüttelt den Kopf. »Und wie hast du reagiert?«

»Ich habe ihm einen Vogel gezeigt und bin gegangen. Mein ganzes Leben liegt in Scherben«, stöhne ich und setze erneut die Flasche an, um meinen Frust runterzuspülen. Aber der kühle Gerstensaft hilft mir nicht, mein Elend zu vergessen.

Moritz will mich aufmuntern. »Die nächsten drei Monate kannst du meine Bude haben«, bietet er mir an und zeigt mir die Kündigung, die er seinem Vermieter morgen zustellen will.

111

»Dann hat es mit dem Penthouse geklappt?«

Er nickt und erklärt, dass Claudius schon am Freitag den Termin beim Notar wahrnimmt. »Am Wochenende könnte ich bereits einziehen. Hilfst du mir?«

Ich verspreche, ihm am Samstag zur Hand zu gehen, und folge ihm in die Küche. Heute gibt es wieder Pizza. Nach Salami und Schinken kommt heute eine im Burger-Style in den Backofen.

»Morgen koche ich uns mal was Richtiges«, erkläre ich, als mein Handy summt und ich eine SMS von Inga erhalte.

»Schon wieder Inga?«, erkundigt Moritz sich ungläubig.

Ich nickte gedankenverloren, woraufhin mein Freund inbrünstig schnaubt.

»Die Alte nervt«, meint er, während er die Bestecke auf den Tisch legt. »Was will sie nur von dir?«

Ich lese die Nachricht laut vor.

Wir müssen über unseren Zeitplan sprechen. Die nächsten beiden Wochenenden bin ich beruflich unterwegs und brauche den Wagen. Bitte ruf mich an.

Ich tippe mir zum zweiten Mal an diesem Scheißtag mit dem Zeigefinger an die Stirn. »Das kannst du vergessen!«, knurre ich und stoße ebenfalls ein empörtes Schnauben aus. »Ich tanze nicht mehr nach deiner Pfeife!«

»Richtig so!«, stimmt Moritz mir zu, während ich wütend auf meinem Display herumtippe, um ihr zu antworten.

Das läuft nicht! Ich habe auch ein Leben!

Nachdem ich meine Botschaft abgeschickt habe, geht es mir besser. Deshalb stimme ich Moritz sofort zu, als er vorschlägt, den letzten Abend, den Claudius in der Stadt ist, mit ihm zu verbringen.

Als wir uns später treffen, wird mein Vorschlag, in eine Sportsbar zu gehen und uns ein Spiel anzusehen, von beiden entrüstet abgelehnt. Stattdessen will Claudius uns lieber in eine Schwulenkneipe schleppen. Aber Moritz und ich sind dagegen. Am Ende landen wir ausgerechnet in dem Lokal, in dem Inga und ich uns kennengelernt haben.

Die Erinnerung an diesen Abend fördert meinen Durst. Mit jedem Drink lässt jedoch meine Anspannung nach. Ich bilde mir ein, dass die beiden Mädels vom Nebentisch, die ständig zu uns rüberschauen, mehr wollen, als nur gucken.

Immer wieder starrt die Brünette mich an. Sie kann sich ihre Flirtversuche getrost sparen, denn sie ist eindeutig nicht mein Typ.

Moritz, der wesentlich länger als ich über seinen Notstand klagt, ergreift schließlich die Initiative und lädt sie auf eine Runde ein. Er hat es auf die Blonde abgesehen, die auch nicht abgeneigt zu sein scheint.

Nach einer Stunde sind die beiden sich einig. Moritz zieht mich zur Seite. Aus ihm spricht die pure Vorfreude. »Heute kann ich dir leider nicht mein Sofa zu Verfügung stellen.«

»Na bravo«, schimpfe ich, auch wenn ich mich für meinen Kumpel freue. »Und wo soll ich nun die Nacht verbringen?«

Claudius klimpert mit einem Schlüssel vor meinem Gesicht. »Du könntest in meinem Hotelzimmer pennen oder wir investieren eine Mörderkohle für eine Taxifahrt und übernachten im Penthouse.«

Obwohl es dort gar keine Schlafmöglichkeiten gibt, entscheide ich mich für die Wohnung.

Claudius winkt die Bedienung heran und bittet um die Rechnung. Wir lassen unserem gut betuchten Freund den

Vortritt. Nachdem er die ganze Zeche bezahlt hat, ruft er ein Taxi.

Auch Moritz bläst zum Aufbruch. Ohne die Brünette, die sichtlich enttäuscht darüber ist, dass sie nicht bei mir landen konnte, verlassen wir zu viert die Kneipe.

Das Taxi fährt vor. Claudius setzt sich nach vorn.

Noch während ich die Wagentür öffne, ruft Moritz' Blondchen mir hinterher. »Warte mal! Ich wusste doch, dass ich dein Gesicht schon mal gesehen habe. Du bist doch …«

Ich falle ihr ins Wort. »Nein, du täuschst dich. Es passiert mir ständig, dass ich mit Bradley Charles Cooper verwechselt werde.«

Amüsiert über ihr dummes Gesicht lasse ich mich auf den Rücksitz fallen. Wir sind kaum losgefahren, da gehen bei mir die Lichter aus.

Unbändiger Durst weckt mich. Meine Kehle ist ausgedörrt und für den ekligen Geschmack in meinem Mund gibt es keine Worte. Ich hieve mich hoch und sehe mich irritiert um.

Offensichtlich haben wir es gestern Nacht doch noch ins Penthouse geschafft. Claudius sitzt neben mir auf dem Boden und grinst mich schadenfroh an. Als ich mich umdrehe, um seinem Blick auszuweichen, fährt mir ein fieser Schmerz durch den Rücken. Auf dem Fußboden zu schlafen war wirklich eine bescheuerte Idee.

Stöhnend schleppe ich meinen Brummschädel ins Bad. Der Spiegel zeigt mir ein Bild des Schreckens. Auf der linken Schläfe hat sich das Muster meiner Jacke abgezeichnet. Claudius muss sie mir als Kissenersatz unter den Kopf gelegt haben.

»Meine Güte, ist mir übel«, keuche ich, als es klingelt und Rettung naht.

Moritz ist gekommen. Er hat drei Becher Kaffee mitgebracht. Hastig reiße ich den Deckel ab und nehme einen großen Schluck.

»Der ist ja schon kalt«, beschwert sich Claudius. »Wieso hat das so lange gedauert? Wir haben doch schon vor einer Stunde miteinander telefoniert, Moritz.«

»Ich wurde aufgehalten«, erwidert der und schreitet mit stolzgeschwellter Brust sein neues Zuhause ab.

Claudius stellt den Kaffeebecher auf den Küchentresen und späht auf seine Armbanduhr. »In zwei Stunden muss ich beim Notar sein. So, wie ich aussehe, kann ich dort nicht erscheinen. Ich möchte duschen und mich umziehen«, ruft er Moritz hinterher, der gerade in seinem zukünftigen Schlafzimmer verschwunden ist.

Offensichtlich kann sich unser Freund nicht an seinem neuen Heim sattsehen. Erst nach zehn Minuten ist er bereit, uns in seine Wohnung zu bringen, damit wir uns frisch machen können.

Ich trete auf den Bürgersteig und hole tief Luft. Die Tür vom Ladengeschäft öffnet sich und zwei bis zum Hals tätowierte Typen tragen Regale heraus.

»Na, wieder klar?«, fragt mich das glatzköpfige Schwergewicht.

Verwundert schaue ich ihn an. Claudius erklärt mir, dass der Typ uns beobachtet hätte, als er mich vom Taxi in den Fahrstuhl verfrachtet hat.

Beschämt, dass ich mich nicht mehr daran erinnern kann, lehne ich mich an Moritz' Wagen und warte darauf, dass es losgeht. Doch anstatt das Auto zu entriegeln, verstrickt Moritz die beiden Tätowierer in ein Gespräch.

»Ihr gebt schon auf?«, fragt er, während er mit den Wagenschlüsseln in seiner Hand spielt.

Die Glatze nickt. »Wir ziehen um. Der Laden ist für ein Tattoostudio viel zu groß.«

Ich stöhne laut auf, als ich beobachte, wie sich Claudius, der es gerade noch so eilig hatte, eifrig an dem Gespräch beteiligt. Irgendwann verschwinden sie sogar wieder im Haus.

Minuten verstreichen. Ich bin drauf und dran, zu Fuß zu gehen, als die beiden wieder erscheinen.

»Können wir?«, drängele ich genervt.

Endlich geht es los. Aber Moritz überrascht mich. Er fährt nicht nach Hause, sondern zu seinem Büro.

Ich vermute, dass er den Geldkoffer aus dem Safe holen will, er steuert jedoch direkt auf seinen Schreibtisch zu und reicht Claudius irgendwelche Grundrisszeichnungen. Beide stecken die Köpfe zusammen und fahren mit den Fingern die Linien ab, während ich ahnungslos danebenstehe.

»Passt doch!«, freut sich Claudius und fragt Moritz, ob er sich das zutrauen würde.

Nun will auch ich wissen, worum es geht. »Könnte mich mal jemand aufklären?«

»Dieses Kaff erhält einen Barber Shop. Und du bekommst einen leitenden Posten«, tönt Claudius.

Mir scheint, dass auch er noch nicht wieder ganz nüchtern ist. Anders kann ich mir das absurde Angebot meines Kumpels nicht erklären.

KONKURRENZ

INGA

Wenn Marek glaubt, er könne mich mit seiner Sturheit von meinen Plänen abhalten, dann irrt er sich gewaltig. Auch wenn er dauernd meine Anrufe ignoriert und sich weigert, mir unseren Wagen zu überlassen, werde ich nach Kopenhagen reisen. Gerade recherchiere ich nach Flügen, als Irene auf der Terrasse erscheint. In einer Hand hält sie eine Brötchentüte, in der anderen balanciert sie eine Glasschüssel mit Obstsalat.

Nach einem Begrüßungsküsschen lasse ich sie eintreten. »Du verwöhnst uns so. Ich weiß gar nicht, wie ich das wiedergutmachen kann.«

Den fünften Morgen in Folge bestätigt sie mir, dass es ihr eine Freude sei, sich um uns zu kümmern, obwohl der kleine Schatz sie ganz schön auf Trab halte.

Ich bekomme ein schlechtes Gewissen. Dennoch traue ich mich, sie zu fragen, ob sie mich nach Feierabend in der Firma abholen und uns zum Flughafen fahren könnte.

Irene mustert mich. »Euch? Du nimmst Mika mit?«

»Mir bleibt nichts anderes übrig«, erkläre ich im Flüsterton, ohne ins Detail zu gehen.

»Hat Marek sich nicht gemeldet?«

Ich ziehe ein Gesicht und zeige ihr die SMS, die er mir geschickt hat.

Unter einem Vorwand schickt Irene Mika in den Garten. Als er außer Hörweite ist, legt sie los. »Was denkt dieser Mann sich nur? Er kann euch doch nicht einfach im Stich lassen. Ich erkenne ihn nicht wieder. Wie konnte ich mich so in ihm täuschen? Er war doch immer pflichtbewusst und hat alles für seine Familie getan. Bestimmt steckt eine andere Frau dahinter. Inga, du solltest bleiben und dem Ganzen auf den Grund gehen.«

Ich will Irene gern gestehen, dass sie auf dem Holzweg ist, dass nicht Marek, sondern ich es war, die ihr Leben zurückhaben wollte. Aber angesichts der knappen Zeit, die mir noch bleibt, bis ich losmuss, nehme ich mir vor, meine Gefühlslage erst nach unserer Rückkehr vor ihr auszubreiten.

Mein Kleiner ist hellauf begeistert, als ich ihm mitteile, dass wir später mit dem Flugzeug fliegen. Rasch packe ich einen kleinen Koffer und lege seinen Kinderausweis in meine Handtasche.

»Bis später. Bitte seid pünktlich«, rufe ich noch, bevor ich im Stechschritt zur Bushaltestelle eile.

Irgendetwas stimmt hier heute nicht, denke ich, als ich meine menschenleere Abteilung betrete. Weder sind die Arbeitsplätze von Svenja und Caro besetzt, noch gibt es von den Praktikanten eine Spur. Mit einem mulmigen Gefühl im Bauch marschiere ich zum Chefbüro. Dort haben sich alle Kollegen um Meryl versammelt.

Obwohl ich sicher bin, pünktlich erschienen zu sein, trete ich ein und entschuldige mich für meine Verspätung.

»Alles gut«, erklärt unser Boss und bittet mich, zu ihr hinter den Schreibtisch zu kommen. Anders als gewohnt fällt ihre Ansprache kurz und bündig aus. »Ich möchte euch mitteilen, dass Inga mich in Düsseldorf vertreten wird.«

Svenja klappt das Visier runter. Statt sich Meryl auf einer Schleimspur zu nähern, platzt es ungebremst aus ihr heraus: »Wieso ausgerechnet Inga? Sie ist gerade mal ein halbes Jahr wieder hier. Ich habe weitaus mehr Erfahrung und hätte es verdient, dich zu vertreten.«

»Meine Entscheidung ist gefallen«, verkündet Meryl in schneidendem Tonfall und fordert uns auf, wieder an die Arbeit zu gehen.

Wenn Blicke töten könnten, denke ich auf dem Weg zu meinem Schreibtisch.

Ich versuche, mich auf meine Aufgaben zu konzentrieren, aber es will mir nicht gelingen. Die mir entgegengebrachte Missgunst meiner Kollegen lässt mich frösteln. Seit einer Stunde tuscheln sie hinter meinem Rücken.

»Ich habe mich nicht um den Posten der Stellvertreterin beworben«, rufe ich trotzig, als es mir zu bunt wird. »Die Entscheidung hat mich genauso überrascht wie euch.«

»Spar dir das, Mutti!«, raunzt Svenja mich an.

Ich stehe auf und gehe auf die beiden Neidhammel zu. »Was soll denn der blöde Spruch bedeuten? Du bist schließlich auch Mutter.« Ich drehe mich zu Caro um.

Sie lacht höhnisch auf. »Ich bin alleinerziehend. Das zählt bei Meryl nicht.« Sie nimmt das Foto von Marek, Mika und mir von meinem Schreibtisch und hält es mir direkt vor die Nase. »Damit kann ich nicht dienen.«

»Du spinnst wohl!«, platzt es aus mir heraus.

»Und wie sie spinnt!«, stimmt Svenja mir zu.

Ich bin überrascht über ihren Zuspruch. Aber nur kurz, denn gleich danach behauptet sie, dass ich lediglich eine gute Schauspielerin sei.

»Du und Marek, ihr seid gar nicht mehr zusammen. Das Bild deiner heilen Familie gaukelst du uns doch nur vor, um deine Ziele durchzusetzen. Wie verlogen!«

»Bitte?«, echauffiere ich mich.

Sie grinst mich überheblich an. »Ich habe gestern den Abend mit ihm verbracht und weiß Bescheid über eure Trennung.«

»Du hast was?«, schreie ich sie an und kann mir selbst keinen Reim darauf machen, weshalb mich diese Nachricht so in Rage versetzt.

Gackernd wirft sie den Kopf in den Nacken und stolziert zu ihrem Platz am Fenster.

Stundenlang ignorieren wir uns. Dann ist es endlich fünfzehn Uhr und ich kann Feierabend machen.

»Soll ich Marek Grüße von dir bestellen, für den Fall, dass wir uns am Wochenende wieder treffen?«, erkundigt sie sich in zuckersüßem Ton. »Er hat wirklich enorme Ähnlichkeit mit Bradley Charles Cooper.«

Ich pruste laut heraus. Die und Marek? Unvorstellbar. Er steht nicht auf Fleischberge. »Ja, tu das. Bis Montag.«

Mit einer Stinkwut im Bauch steige ich bei Irene ein. Nur Mika zuliebe schlucke ich meinen Zorn hinunter.

»Aufgeregt?«, frage ich meinen kleinen Schatz.

Seine leuchtenden Augen reichen mir als Antwort. Während der Fahrt zum Flughafen plappert er ohne Unterlass von Boeings und Luftfrachtern.

Eine halbe Stunde später hält Irene vor Terminal Eins auf dem Kurzzeitparkplatz und lässt uns heraus. Während ich den Koffer aus dem Wagen hebe, steckt Irene meinem Sohn einen Zwanzigeuroschein zu. »Futtert *Red Pölser* auf meine Kosten und macht ein Foto für mich.«

»Was ist das?«, will Mika wissen.

»Dänische Hotdogs«, erkläre ich ihm und nehme ihn an die Hand.

Schnurstracks marschieren wir an den Counter der Scandinavian Airlines und checken ein.

Ich bilde mir ein, dass eine männliche Stimme »Mika« ruft. Reflexartig drehe ich mich um, aber ich kann niemanden entdecken, der dafür infrage kommt.

Mit den Worten: »Sie müssen sich beeilen«, überreicht uns die Dame vom Bodenpersonal die Bordkarten. Mit Mika auf dem Arm hetze ich zur Sicherheitskontrolle, vor der sich eine lange Schlange gebildet hat. Statt mich anzustellen, wedle ich hektisch mit meinen Tickets und bettle die Kontrolleure an, uns vorzulassen. »Nach Kopenhagen. Wir wurden schon aufgerufen«, stammle ich.

»Nun lassen Sie die Frau und den Kleinen doch vor«, mischt sich ein Herr ein und tritt für uns zur Seite.

Mika strahlt ihn an. »Danke, Brummer«, ruft er ihm noch zu, bevor wir den Körperscanner passieren.

Auf den letzten Drücker erreichen wir den Flieger.

Ich überlasse Mika den Fensterplatz und falle neben ihm in den Sitz.

Jetzt kann das Wochenende beginnen, dem ich schon seit Tagen wie ein verknallter Teenager ungeduldig entgegenfiebere. Meine Vorfreude auf Jan lässt mich den Ärger über Marek und meine neidischen Kolleginnen vergessen.

BRÜDER

MAREK

Auf der Fahrt nach Fuhlsbüttel gibt Claudius einfach keine Ruhe. Wie auf einen kranken Esel redet er auf mich ein, während ich den Wagen zum Flughafen steuere.

»Wieso sperrst du dich? Ich zahle dir das, was du als Vertriebsleiter verdient hast.«

Noch immer halte ich seinen Vorschlag für eine Schnapsidee. »Offensichtlich ist dir nicht klar, wie viel ich in meiner Position verdient habe.«

»Keine Sorge. Ein guter Mann ist mir einiges wert«, erwidert Claudius großspurig.

Ich werfe ihm einen vielsagenden Blick zu und verrate ihm mein bisheriges Salär.

Claudius schluckt. »Etwa netto?«

Ich muss grinsen. »Selbstverständlich netto.«

Jetzt wird er sich eingestehen müssen, dass er den Mund zu voll genommen hat. Er überlegt angestrengt, dann verblüfft er mich.

»Das ist zwar mehr, als ich gedacht habe, aber wenn du zustimmst, sind wir im Geschäft.«

»Ich habe von deinem Metier überhaupt keine Ahnung«, entgegne ich.

Aber auch dieses Argument lässt er nicht gelten. »Wenn ich es dir zutraue, solltest du auch nicht an dir zweifeln. Ich will ein Imperium aufbauen und brauche Leute, denen ich hundertprozentig vertrauen kann. Dir vertraue ich blind!«

Neben der leisen Freude, die seine Worte in mir auslösen, meldet sich nun auch mein Gewissen. *Wie kannst du in deiner Situation so ein Angebot ausschlagen? Du trägst schließlich Verantwortung. Wie lange willst du Inga auf der Tasche liegen? Hast du denn gar keinen Stolz?*

Doch, den habe ich. Ich nicke entschlossen. »Du kannst dich auf mich verlassen. Moritz und ich bringen deinen Laden in der Provinz schon zum Laufen.«

Claudius wirkt erleichtert. »Weißt du eigentlich, wie gern ich dich habe?«

Ich lache. »Ja, Alter, ich mag dich auch. Du bist wie ein Bruder für mich.«

Sichtlich gerührt streckt er mir seinen Kopf entgegen. Als er die Lippen spitzt, schrecke ich so heftig zurück, dass wir beinahe in der Leitplanke landen. »Wage es nicht!«

»Sagtest du nicht gerade, wie wären wie Brüder?« Claudius kichert albern. »Brüder küssen sich.«

Belustigt verdrehe ich die Augen. »Wir sind Brüder im Geiste! Nur im Geiste! Hast du es jetzt endlich kapiert? Ich will und werde dich niemals küssen!«

Er lacht sich schlapp. »Es ist mir immer ein Fest, wenn du dich so anstellst.«

Wir erreichen das Flughafengelände. Ich will das Parkhaus anfahren, aber er widerspricht. »Du kannst mich direkt vor dem Terminal rauslassen.«

Bevor er in der Drehtür verschwindet, verspricht er, mir schon morgen den Vertragsentwurf zuzumailen.

Ich winke ihm und fädele mich wieder in den Verkehr ein.

Wie üblich staut sich der Verkehr am Freitagnachmittag vor dem Elbtunnel. Ich komme nur im Schneckentempo voran, obwohl ich jetzt viel lieber auf Moritz' Couch liegen würde.

Nie wieder Alkohol, schwöre ich mir, als mein Handy klingelt. Es ist Claudius, den ich eigentlich schon in der Luft vermutet habe.

»Hast du gewusst, dass Mika gerade mit seiner Mutter nach Kopenhagen fliegt?«, fragt er anstelle einer Begrüßung.

Ich runzle die Stirn. »Wie kommst du denn darauf?«

»Weil ich sie gesehen habe.«

Quatsch, denke ich. Inga würde Mika niemals auf eine Geschäftsreise mitnehmen. Claudius muss sich geirrt haben. Aber er beharrt darauf, sogar mit Mika gesprochen zu haben.

Als er aufgelegt hat, bin ich außer mir vor Zorn.

Wie kann sie es wagen, mit unserem Sohn zu verreisen, ohne mir Bescheid zu geben? Und dann fliegen sie auch noch!

Mika hat sich so auf seinen ersten Flug gefreut. Bevor seine Mutter die Reise nach Mallorca einfach storniert hat, sprach mein Kleiner mich jeden Abend vor dem Schlafengehen darauf an. »Und wenn ich doch Angst habe, dann hältst du meine Hand, oder, Papi?«

Natürlich versprach ich ihm, nicht von seiner Seite zu weichen.

Bevor sich meine Wut auf Inga ins Unermessliche steigert, will ich mich erst vergewissern, ob es stimmt, was Claudius mir mitgeteilt hat. Ich nehme die nächste Ausfahrt und zuckle quer durch die Innenstadt, bis ich unser Einfamilienhaus erreiche.

Entschiedenen Schrittes betrete ich den Flur und rufe ihre Namen. Aber weder auf »Inga« noch auf »Mika« erhalte ich eine Reaktion. Meine Suche führt mich weiter in den Garten.

Erstaunt beobachte ich, dass auf Irenes Grundstück ein Schwimmbecken aufgebaut wird. Keines mit Luftkammern, sondern ein festes Bassin mit geschätzten vier Metern Durchmesser.

Während sie den Monteuren lautstark Anweisungen gibt, marschiere ich zu ihr rüber.

»Wieso ist Mika nicht bei dir?«, fahre ich sie an.

Vermutlich zu energisch, denn sie weist mich prompt zurecht. »Das wüsstest du, wenn du Ingas Anrufe entgegengenommen hättest.«

»Du hättest es mir sagen können! Schließlich haben wir täglich miteinander telefoniert.«

Sie stützt die Hände auf ihre Hüften und kommt einen Schritt auf mich zu. »Bin ich deine Sekretärin?«

Nein, das ist sie nicht. Aber sie ist im Bilde und hätte mir erzählen können, was sie in Kopenhagen vorhaben. Ich schlage einen friedlicheren Ton an und frage sie direkt. »Stimmt es, dass sie in Kopenhagen sind? Bitte, sag es mir.«

Irene nickt seufzend. »Inga trifft sich dort mit einem Designer.«

Mein Puls schnellt in die Höhe, genauso wie mein Lautstärkepegel. »Am Wochenende?«, rufe ich aufgebracht. »Mach mir doch nichts vor, Irene.«

Sie schnaubt. »Du hast echt Nerven, dich hier aufzuplustern! Du bist es doch, der seiner Familie etwas vormacht. Ausgerechnet mit Ingas Kollegin. Dass du dich nicht schämst!«

Ich verstehe kein Wort. Erst recht nicht, weshalb ich mich schämen sollte.

Einer der Pool-Fuzzis unterbricht unseren Schlagabtausch. »Wo soll das gute Stück denn nun hin? Hier? Oder weiter rechts?«, wendet er sich an Irene.

»Genau hier!«, bestimmt sie und deutet mit ausgestreckter Hand einen Meter neben sich.

»Aber hier ist der Grund nicht plan. Ich würde Ihnen empfehlen, das Becken dort drüben am Zaun zu platzieren.«

»Genau, Sie Experte. Dort ist den ganzen Tag Schatten. Sie stellen den Pool dort auf, wo ich es Ihnen sage. Exakt so, wie es in Ihrem Angebot steht.«

Der Typ verzieht das Gesicht, traut sich aber nicht, der resoluten Irene zu widersprechen. Allerdings mischt der andere sich ein. »Dann müssen wir morgen mit einem kleinen Bagger wiederkommen. Per Hand ist das nicht zu schaffen.«

Irene blickt zu mir. »Wenn mein Nachbar Ihnen zur Hand geht, sollte das wohl kein Problem sein. Schließlich ist das Schwimmbecken für seinen Sohn.«

Ungläubig starre ich auf das blaue Riesending. »Das hast du für Mika angeschafft? Das Teil ist viel zu tief. Er kann noch nicht schwimmen.«

»Doch, kann er. Nächste Woche macht er sein Seepferdchen. Während du mit anderen Frauen anbandelst, habe ich es ihm nämlich beigebracht.«

Ich bäume mich auf. »Hör auf, solchen Stuss zu erzählen. Ich bandele nicht an!«

Die Frau hat doch nicht mehr alle Latten am Zaun. Ich habe genug von ihren Vorwürfen und lasse sie stehen. Noch bevor ich unsere Terrasse erreiche, ruft sie mir hinterher: »Also, ich sehe keine Ähnlichkeit zu Bradley Charles Cooper. Mit deinem Bart siehst du aus wie ein Penner!«

Plötzlich geht mir ein Licht auf. Die Blonde aus der Bar muss Ingas Kollegin sein, die anscheinend nichts Besseres zu tun hatte, als ihr von unserem Zusammentreffen zu berichten. Inga scheint es so gefuchst zu haben, dass sie es schon heute an Irene weitergetragen hat.

Ein leichtes Lächeln schleicht sich auf meine Lippen. So gleichgültig, wie Inga behauptet hat, bin ich ihr wohl doch nicht.

Diese Nacht werde ich nicht auf Moritz' Couch verbringen. Mit voller Wucht springe ich auf unser Doppelbett. Die Decken und Kissen riechen wunderbar nach der Frau, die ich schmerzlich vermisse. Wenn es stimmt, was Irene gesagt hat, und Inga wirklich nur beruflich nach Dänemark geflogen ist, dann besteht noch Hoffnung für uns.

ERNÜCHTERUNG

INGA

Seit einer Stunde stehe ich mir in der Ankunftshalle die Beine in den Bauch. Mika wird langsam ungeduldig und fragt mich schon zum vierten Mal, wann es weitergeht. Noch einmal greife ich zu meinem Handy und rufe Jan an. »Kommst du noch oder sollen wir uns ein Taxi rufen?«

Ich ringe um Fassung, als er mir empfiehlt, lieber gleich ein Hotel zu suchen, weil es noch eine Weile dauern könnte, bis er es schafft, uns abzuholen. »Besser, du legst deinen Kleinen ins Bett und wir treffen uns morgen.«

Ich habe verstanden. Er reagiert so distanziert, weil ich mit Kind angereist bin. Aber ich habe einen Sohn. Für keinen Mann der Welt würde ich ihn verleugnen.

Leg dich gehackt, es war ein Fehler herzukommen, liegt mir auf der Zunge, aber weil ich vor Mika nicht ausrasten will, antworte ich ihm freundlich. »Kein Problem, wir kommen schon zurecht.«

Ich lege auf, schnappe den Koffer und latsche mit meinem müden Engel zum Taxistand.

»Wohin?«, will der Fahrer wissen.

Da ich mich in der Stadt überhaupt nicht auskenne, stelle ich mein Handy an und recherchiere auf den Hotelportalen. »In die City«, bitte ich schließlich, denn auf keinen Fall will ich die Nacht in einer dieser Bettenburgen am Flughafen verbringen. Ich habe Mika einen kurzen Urlaub versprochen. Da kommt ein typisches Business-Hotel nicht infrage.

Obwohl es meine Finanzen gehörig strapazieren wird, buche ich telefonisch eine Avantgarde-Unterkunft in der Nähe des Rathauses. Die Zimmer sehen einladend aus. Zumindest auf den Fotos auf der Webseite.

Mika bekommt von der stylishen Einrichtung gar nichts mit. Er schläft sofort ein.

Ich habe unbändigen Hunger und Durst. Während mein Sohn leise schnarcht, plündere ich die Minibar und schaue mir einen amerikanischen Spielfilm mit dänischen Untertiteln an. So sieht es also aus, wenn ich es mal krachen lassen will.

Dieser Ausflug hat mich bisher glatte achthundert Euro gekostet. Flug, Hotel und drei Tüten Erdnüsse, die fast so viel kosten wie ein Abendessen. Ich bekomme eine Stinkwut auf mich selbst.

Ernüchtert stelle ich mich im Bad vor das Waschbecken, putze mir die Zähne und beschimpfe stumm mein Spiegelbild. *Wie blöd kann man nur sein, einem Mann hinterherzureisen?*

Vorsichtig krieche ich unter die Decke, um Mika nicht zu wecken, als mein Handy summt. Jan hat mir eine SMS geschrieben.

Sorry, Inga. Es tut mir leid, dass es heute nicht geklappt hat. Aber dafür wartet morgen eine tolle Überraschung auf dich. Danach hauen wir auf die Pauke. Du hast mein Wort.

Wieso erst morgen? Es ist gerade mal halb neun. Ich wundere mich. Kurz und sachlich antworte ich ihm.

Kein Problem. Solltest du uns treffen wollen, wir sind im Hotel Alexandra, H.C. Andersens Boulevard 8, abgestiegen.

Fliegender Wechsel

Marek

Von wegen, ich bin gut in Form. Mir tut alles weh.

Nach dem anstrengenden Umzug am Samstag, den ich gestern ganz allein mit Moritz über die Bühne gebracht habe, spüre ich heute jede Faser meines Körpers. Ich hatte ja keine Ahnung, dass er den Löwenanteil seiner Möbel in einem Lagerhaus aufbewahrt hat.

Wie auch immer. Ich habe höllischen Muskelkater und quäle mich unter Schmerzen aus dem Bett. Es geht schon auf Mittag zu, als ich Kaffee koche und durch die Terrassentür sehe, dass Irene Wasser in ihr neues Bassin einlaufen lässt. Die Arbeiter haben auch ohne mich einen prima Job gemacht. Ihr Garten sieht nicht mehr nach Baustelle aus, sondern wirkt so, als hätte in der Mitte der Rasenfläche schon immer ein Schwimmbecken gestanden.

Sie hat mich bereits entdeckt und winkt mir zu.

Ich winke zurück, denn ich will keinen Streit. Immerhin hat sie sich in der letzten Woche aufopfernd um Mika gekümmert. Sobald ich meinen Kaffee getrunken habe, werde ich ihr mitteilen, dass ihre Dienste nicht mehr benötigt werden.

Ich werde mich selbst um meinen Sohn kümmern, bis er den Kitaplatz erhält, auf den angeblich jedes Kind einen Rechtsanspruch hat. Nicht Irene, sondern ich werde mit ihm ins Schwimmbad gehen und dabei sein, wenn er das begehrte Seepferdchenabzeichen bekommt.

Genau das habe ich Claudius bereits mitgeteilt. Nachdem er einverstanden war, dass ich erst nach den Ferien einsteige, bin ich bereit, den Anstellungsvertrag zu unterzeichnen.

Gerade gehe ich das Regelwerk noch einmal durch, als Irene an die Tür klopft.

»Darf ich?«, fragt sie und sieht mich zu meiner Überraschung demütig an.

Ich deute mit einer Handbewegung an, dass sie eintreten kann. »Immer hereinspaziert. Die Luft ist rein, Irene. Die Frauen, mit denen ich es bunt treibe, wenn meine Familie nicht da ist, sind schon weg.«

Sie verzieht das Gesicht. »Tut mir leid, Marek. Ich habe dir unrecht getan. Mittlerweile kapiere ich, was hier los ist.«

Das ist fein. Ich verstehe nämlich nicht, wovon sie spricht. »Und was ist hier los?«, hake ich nach, obwohl ich mir nicht sicher bin, dass ich die Antwort hören will.

»Nicht du, sondern Inga bewegt sich auf Abwegen. Ich bin entsetzt! Wie kann sie nur!«

Plötzlich wird mir ganz mulmig. »Was kann sie?«, frage ich naiv nach und registriere die konsternierte Miene unserer Nachbarin.

Irene reicht mir ihr Handy. »Sieh selbst, wie sehr Inga sich bei ihrem *geschäftlichen Termin* amüsiert.«

Ich betrachte das Bild der Frau meines Herzens, die breit grinsend vor dem Wahrzeichen Kopenhagens in einen Hotdog beißt. Doch nicht nur Inga und die kleine Meerjungfrau sind zu sehen. Links neben der berühmten Bronzestatue posiert ein Typ, der meinen Sohn auf den Schultern trägt und seinen Daumen in die Luft streckt.

Ich verspüre unbändige Lust, ihm den Finger zu brechen.

Irene nimmt mir das Smartphone wieder ab. »Es gibt noch mehr Fotos, die ich dir allerdings ersparen will«, erklärt sie, steckt ihr Handy weg und sieht mich ratlos an. »Was stimmt nicht mit Inga? Was findet sie an diesem Spätkonfirmanden?«

Binnen Sekunden bildet sich ein dicker Kloß in meinem Hals. »Sie steht wohl neuerdings auf Rosen«, krächze ich und fliehe ins Bad, um meine Erschütterung nicht offenbaren zu müssen.

Es nützt nichts, den Raum zu verlassen, denn Irene folgt mir auf dem Fuße und setzt unsere Unterhaltung ungeniert fort. »Inga hat mich gebeten, ihr die kommende Woche Unterschlupf zu gewähren. Nun weiß ich gar nicht, wie ich mich verhalten soll. Schließlich will ich nicht dazu beitragen, dass ihr euch endgültig trennt.«

»Gestatte es ihr, bevor ich mich vergesse.«

Wider Erwarten umarmt sie mich und spricht mir Trost zu, was mir in diesem Moment mehr als unangenehm ist. »Dieser Bengel hat doch keine Chance bei ihr. Rasier dich, Marek, und übernimm endlich das Kommando. Inga weiß ja gar nicht, was sie anrichtet.«

Ab sofort bin ich in Irenes Augen der Gute. Aber ihr Meinungsumschwung ändert nichts daran, dass ich mich wie amputiert fühle.

»Weißt du, wann sie zurückkommen?«, nuschle ich, bevor ich mich aus ihrer Umarmung löse.

Irene nickt. »Ich soll sie um halb fünf abholen.«

Gut! Dann habe ich noch ausreichend Zeit, mir zu überlegen, mit welchen Worten ich Inga klarmachen werde, wohin sie sich ihren Halbe-halbe-Plan stecken kann. Dass sie sich mit diesem Lackaffen trifft, kann ich nicht verhindern. Aber ich werde nicht zulassen, dass er meinen Platz einnimmt.

Es gibt Tage, da verfliegt die Zeit im Nu. Heute ist das nicht der Fall. Die Zeiger der Uhr bewegen sich quälend langsam, dafür nimmt meine Nervosität von Minute zu Minute zu.

Endlich hat das Warten ein Ende. Irene fährt vor. Ich wider-
stehe dem Drang, sofort nach draußen zu rennen, und postiere
mich am Fenster. Gespannt warte ich darauf, dass Inga und
Mika hereinkommen. Doch mein Kleiner flitzt allein zur Tür,
während Inga mit betretener Miene unserer Nachbarin folgt.

»Papi«, ruft mein Sohn schon von Weitem und springt in
meine Arme.

Ich presse ihn so fest an meine Brust, als wollte ich ihn nie
mehr loslassen.

Nach ein paar Sekunden beginnt Mika zu zappeln und
lehnt sich zurück, um mich anzusehen. »Ich bin mit dem
Flugzeug geflogen«, verkündet er stolz.

»Wahnsinn!« Obwohl es mir widerstrebt, Mika auszufragen,
mache ich es doch. »Und sonst? Wie war es in Kopenhagen?«

»Langweilig«, antwortet er schulterzuckend.

Ich setze ihn ab und folge ihm ins Wohnzimmer, in der
Hoffnung, dass er meine Anspannung nicht bemerkt. »Was
habt ihr denn gemacht?«

»Nur Sachen angeguckt, die ich nicht anfassen durfte«,
erklärt mir mein Sohn und hebt alle seine Spielsachen, die im
Raum verteilt sind, hoch, als hätte er einiges nachzuholen.

»Was für Sachen?«

»Alles zum Anziehen, was Jan selber genäht hat.«

Jan also! »Ist dieser Jan nett zu dir gewesen?«

Mika nickt. »Aber er ist nicht so lustig wie Moritz und
Brummer. Die mag ich lieber.«

Es freut mich, dass Mika mit seinen vier Jahren schon über
eine so gute Menschenkenntnis verfügt. Trotzdem bohre ich
weiter nach. Ich will wissen, wo die beiden die Nächte verbracht
haben. »Hat Jan ein schönes Haus?«

Mein Sohn zuckt mit den Achseln. »Weiß ich nicht. Wir
waren nur in seinem Laden.«

»Und wo habt ihr geschlafen?«

»In einem Hotel. Mama hat gemeint, dass es ganz teuer war. Aber dort gab es nicht mal einen Pool.«

Ich überlege, ob ich ihm von Irenes Schwimmbecken berichten soll. Doch Mika weiß schon Bescheid und scheint sich in diesem Augenblick daran zu erinnern. Aufgeregt rennt er in den Hauswirtschaftsraum und durchwühlt die Wäschekörbe. »Papa, ich brauche meine Badehose.«

Zwar macht es mich traurig, dass er nach einer Woche, die wir uns nicht gesehen haben, lieber planschen möchte, statt mit mir zu kuscheln, aber ich gönne ihm den Spaß und helfe ihm bei der Suche.

Mika meint, er würde keine Schwimmflügel mehr brauchen, dennoch bestehe ich darauf, dass er sie anlegt.

Von unserer Terrasse aus sehe ich ihm zu, wie er sich in der Abendsonne mutig ins Nass stürzt.

Nach der dritten Arschbombe kommen auch Irene und Inga in den Garten. Sie setzen sich mir den Rücken zugewandt auf die alte Holzbank.

Ich verlasse meinen Posten und verstecke mich hinter der Hecke, um das Gespräch der beiden zu belauschen. Mir ist klar, dass sich das nicht gehört. Aber ich kann nicht anders.

»Was findest du nur an diesem Knilch?«, höre ich Irene fragen.

Inga stöhnt auf. »Jan ist kein Knilch, sondern ein netter Mann, der mich zum Lachen bringt.«

Ihre Erklärung fühlt sich für mich an wie ein Stich ins Herz. Doch es wird noch schlimmer.

»Außerdem inspiriert er mich«, fährt Inga in verzücktem Ton fort. »Er teilt meine Begeisterung für Mode und ist wunderbar spontan. Ganz anders als Marek, denn der hält bekanntlich nichts von Spontaneität. Ich kann mich gar nicht mehr daran erinnern, wann wir das letzte Mal Spaß hatten und unbekümmert das Leben genossen haben.«

Unbändige Wut steigt in mir auf. Sie will Spontaneität? Die kann sie haben.

Ich verlasse mein Versteck und gehe forschen Schrittes zur Gartenbank. Ohne zu zögern schnappe ich die Frau, die mir soeben erneut das Herz aus dem Leib gerissen hat, hebe sie hoch und werfe sie ins Schwimmbecken.

»War das spontan genug?«, schreie ich sie an, nachdem sie prustend wieder aufgetaucht ist.

Völlig verdattert streicht sie sich ihre langen Haare aus dem Gesicht. Dann wird sie rot vor Zorn. »Bist du von allen guten Geistern verlassen?«, brüllt sie mich an.

Anstatt einer Antwort verschränke ich die Arme und beobachte mit einem höhnischen Grinsen, wie sie unbeholfen aus dem Pool klettert.

Hinter ihr lacht Mika vergnügt auf. Er hält es für einen gelungenen Scherz. Von dem wutverzerrten Gesicht seiner Mutter bekommt er nichts mit.

Tropfnass stampft Inga ins Haus. Sie marschiert direkt ins Schlafzimmer und fischt trockene Unterwäsche aus der Schublade. Ihr zorniges Gebrabbel amüsiert mich. Es tut gut, sie auch mal aus der Fassung zu bringen.

Ich folge ihr und lehne mich lässig gegen den Türrahmen.

Als sie mich bemerkt, hält sie inne und mustert mich. »Wie siehst du bloß aus? Was soll dieser alberne Bart? Hältst du das etwa für sexy?«

Ich schmunzle. »Ich nicht, aber die Frauen stehen drauf.«

Der Blick, den sie mir zuwirft, ist mit keinem Geld der Welt zu bezahlen.

»Frauen wie Svenja? Mir wird schlecht!«, zischt sie und drängelt sich an mir vorbei.

Ich folge ihr zum Badezimmer, wo sie mir die Tür direkt vor der Nase zuschlägt.

»Wieso nicht?«, rufe ich und wähle die gleiche Erklärung, die Inga gerade Irene gegeben hat. »Sie besitzt Humor und bringt mich zum Lachen.«

»Humor?«, kreischt die Frau hinter der Tür. »Dass ich nicht lache! Diese blöde Kuh ist alles andere als komisch. Sie ist intrigant und missgünstig. Außerdem ist sie fett! Seit wann stehst du auf adipöse Schnepfen?«

Ingas Ausbruch geht mir runter wie Öl.

»Füllige Frauen haben auch ihre Vorzüge«, kontere ich und kann mir das Lachen kaum verkneifen. »Sie sind weich, anschmiegsam und wissen meinen durchtrainierten Körper zu schätzen.«

Kurz darauf tritt sie wieder in den Flur. In ihren Bademantel gehüllt durchbohrt sie mich mit stechenden Blicken. »Na, dann viel Spaß, du Perverser!«

Ich lehne mich entspannt an die Wand und kämpfe gegen meinen Wunsch an, ihr dieses hässliche Frotteeding vom Leib zu reißen. »Bist du etwa eifersüchtig, Inga?«

In dicken Lettern steht das Wort VERSÖHNUNGSSEX auf meiner Stirn.

Doch sie empfängt meine Signale nicht.

»Das hättest du wohl gern! Nein, ich bin stinksauer, weil du mein Handy geflutet hast. Das ist jetzt hin!«, schimpft sie und drückt es mir in die Hand.

Ernüchterung macht sich in mir breit, als sie einige Klamotten aus dem Schrank nimmt und sie sich über den Arm legt.

»Was hast du denn jetzt vor?«, frage ich matt.

»Ich entspreche deinem Wunsch nach einem fliegenden Wechsel«, verkündet sie und marschiert erneut an mir vorbei in Richtung Badezimmer. Bevor sie die Tür hinter sich schließt, wirft sie einen letzten vernichtenden Blick über die Schulter. »Und nur, damit du es weißt: Diese Woche nehme ich den Wagen.«

SEEPFERDCHEN

INGA

Meine zweite Woche als stellvertretende Chefeinkäuferin ist der absolute Horror. Im Büro herrscht eine deprimierende Stimmung. Svenja und Caro reden nur das Nötigste mit mir. Statt nach Feierabend mit ihnen um die Häuser zu ziehen, wie ich es mir in meiner Vorstellung erträumt habe, bleibe ich abends in der Firma, bis mir die Augen vor Müdigkeit zufallen.

Mit der x-ten Tasse Kaffee kehre ich am Freitagabend an meinen Schreibtisch zurück und stelle meine neue Lebenssituation auf den Prüfstand.

Die Bilanz fällt erschreckend aus. Ich leiste das doppelte Pensum, ohne einen einzigen Cent mehr dafür zu bekommen. Mit Ausnahme von Irene habe ich keinerlei private Kontakte mehr. Allerdings schläft sie schon, wenn ich mich gegen 23 Uhr auf leisen Sohlen in ihr Gästezimmer schleiche.

Mein einziger Lichtblick ist die Aussicht, Jan an den bevorstehenden Ordertagen wiederzusehen. Seit ich ohne Handy bin, beschränkt sich unser Austausch auf kurze Telefonate und Mails, in denen wir Persönliches kategorisch aussparen. Niemand in der Firma darf erfahren, dass ich mehr in ihm sehe als einen potenziellen Lieferanten.

Weil ich mich nicht dazu herabgelassen habe, mir während Mareks Woche passende Klamotten für die Geschäftsreise aus dem Schrank zu nehmen, habe ich mir noch auf die Schnelle zwei neue Ensembles gegönnt.

Mit den beiden sündhaft teuren Kostümen und nagelneuen High Heels, an denen ich nicht vorbeigehen konnte, ohne sie zu kaufen, schleiche ich durch Irenes Vorgarten.

Ich erschrecke fast zu Tode, als ich den Schlüssel ins Schloss stecke und plötzlich eine Hand auf meinem Rücken spüre. Ich drehe mich panisch um und erkenne trotz der Dunkelheit, dass Marek vor mir steht.

»Ich warte seit Stunden auf dich«, beginnt er vorwurfsvoll. Mit hochgezogenen Brauen inspiziert er meine Einkaufstüten, erspart mir aber seinen Kommentar. »Ich wollte dir etwas vorschlagen.«

»Hättest du mein Telefon nicht geschrottet, müsstest du mir nicht mitten in der Nacht auflauern, sondern könntest mir einfach eine SMS schicken.«

Nun kann er doch nicht an sich halten. »Für den Betrag, den du allein diese Woche in Boutiquen gelassen hast, hättest du dir zwei neue iPhones kaufen können.«

Woher weiß er, wie viel Geld ich ausgegeben habe? Natürlich. Er hat online unseren Kontostand kontrolliert.

Ich finde, es geht ihn gar nichts an, was ich mit meinem Gehalt anstelle.

Er tippt auf die große Tüte. »Zeig mir doch mal deine Frustkäufe.«

Empört recke ich das Kinn. »Wie kommst du auf die Idee, ich sei gefrustet? Es geht mir hervorragend«, behaupte ich wenig überzeugend.

Mit zusammengekniffenen Augen nimmt er mich ins Visier. »Wem willst du was vormachen, Inga? Ich sehe doch, wie unzufrieden du bist.«

Erschöpft trete ich von einem Fuß auf den anderen. »Was willst du, Marek? Es ist spät und ich bin müde.«

Er seufzt leise. »Ich habe dein Telefon reparieren lassen. Morgen sollte es fertig sein.«

Nun huscht mir doch ein Lächeln übers Gesicht. Ich hoffe, dass die für mich wichtigen Kontaktdaten gerettet wurden.

Marek mustert mich ernst. »Hör mal. Ich wollte dich fragen, ob du morgen Vormittag mit ins Freibad kommen willst, um Mika anzufeuern, wenn er seine Seepferdchenprüfung ablegt.«

»Das ist morgen?«

Er nickt. »Um zehn. Es würde ihm sehr viel bedeuten, wenn du dabei wärst.«

»Mir doch auch! Aber ich kann nicht.«

Enttäuschung blitzt in seinen Augen auf. »Dachte ich mir schon. Ich wollte es dich trotzdem wissen lassen.«

»Das ist nett von dir«, räume ich ein.

»Ja, ich bin ein Netter. Schön, dass es dir doch noch auffällt«, murmelt er mit warmer Stimme und streicht zärtlich über meinen Arm. Seine Berührung trifft mich völlig unvorbereitet und beschert mir augenblicklich eine Gänsehaut. In diesem Moment fühle ich mich ihm ganz nah und wünsche mir, dass er mir anbietet, in unserem Haus zu schlafen.

Aber das tut er nicht. »Du frierst. Besser, du gehst jetzt rein. Gute Nacht und viel Spaß in Düsseldorf.«

Ich stutze. Woher weiß er das denn schon wieder? Vermutlich wird Irene gequatscht haben.

»Moment mal!«, rufe ich ihm nach. »Wieso fragst du mich, ob ich morgen mitkomme, obwohl du genau weißt, dass ich wegen der Ordertage verreisen muss? Willst du mir ein schlechtes Gewissen machen?«

Er wirft mir einen Luftkuss zu. »Alles ist möglich, Inga«, antwortet er mit einem schiefen Grinsen und verschwindet in der dunklen Nacht.

Auf dem Weg ins Gästezimmer schimpfe ich in Gedanken vor mich hin. Erst als ich das Licht anknipse und einen Umschlag auf dem Kopfkissen entdecke, beende ich meine stummen Tiraden.

Neugierig reiße ich das Kuvert auf und ziehe eine Buchungsbestätigung für den Flug von Hamburg nach Düsseldorf heraus. Abflug morgen Mittag. Auf der Rückseite hat Marek eine handschriftliche Notiz hinterlassen.

> *Du kannst viereinhalb Stunden mit dem Auto*
> *fahren oder fünfzig Minuten fliegen. Egal, wie*
> *du dich entscheidest, wir würden gern vorher*
> *mit dir im Café König frühstücken.*

Es ist absurd, dass ich am nächsten Morgen an meiner eigenen Haustür klingle, aber ich tue es.

»Mami ist da«, tönt es, bevor Mika freudestrahlend öffnet und mir um den Hals fällt.

»Seid ihr bereit?«, frage ich und stolziere auf meinen neuen Pumps zum Wagen. Ich muss grinsen, als ich Mareks anerkennende Pfiffe hinter mir wahrnehme.

»Sieh dir diese schöne Frau an«, fordert er Mika auf. »Auch wenn es heute nicht mit dem Abzeichen klappen sollte, du hast definitiv die schönste Mama von allen.«

Ich drehe mich um und frage, weshalb er Bedenken äußert.

»Ich will ihn nicht unter Druck setzen«, flüstert Marek mir zu und nimmt auf dem Beifahrersitz Platz.

Während ich mich anschnalle, bedanke ich mich für das Ticket. »Das war wirklich eine tolle Idee von dir.« Noch bevor ich den Motor starte, schnuppert er an mir und verzieht das Gesicht.

Das lasse ich nicht auf mir sitzen. »Du magst mein Parfum nicht, ich finde deinen Bart scheiße.«

Mika kichert. »Das kostet einen Euro Strafe, Mama.«

»Tut mir leid«, entschuldige ich mich und verspreche, gleich nach meiner Rückkehr eine Münze in unseren Schlimme-Worte-Spartopf zu werfen.

»Papa braucht den Bart für seine Arbeit«, erklärt der kleine Schlaumeier.

»Bitte?«, frage ich erstaunt nach und erkundige mich bei Marek nach Details. Doch er will mir erst beim Frühstück von seinem neuen Job erzählen.

Bei Milchkaffee und Bauernomelett klärt er mich über seinen künftigen Posten auf.

»Projektleiter«, wiederhole ich spöttisch und merke erst danach, wie sehr ich ihn mit meiner Bemerkung verletzt haben muss.

Aber er lässt sich nichts anmerken. »Klingt nicht so toll wie *Topdesigner*, trotzdem habe ich zugesagt. Es ist eine reizvolle Herausforderung, die obendrein gut bezahlt wird.«

Es herrscht betretenes Schweigen am Tisch. Marek spricht das aus, was seit Minuten im Raum steht. »Wirst du dich in Düsseldorf mit diesem Jan treffen?«

Ich nicke und pariere wie selbstverständlich. »Seine Kollektion ist vielversprechend. Ich werde ihn in unsere Lieferantenliste aufnehmen.«

»Und was hast du noch mit ihm vor?«

Ich ignoriere seine letzte Frage und wende mich Mika zu. »Na, freust du dich schon auf das Schwimmen?«

Er nickt und besteht darauf, dass ich ihm die Daumen drücke. Ich verspreche es.

Mein Herz hüpft, als ich meinen kleinen Liebling beobachte, wie er am Beckenrand steht und sich wie ein Profi vorbereitet. Auf Kommando springt er vom Beckenrand und legt mit den größeren Vorschulkindern eine Strecke von 25 Metern im Brustschwimmen zurück. Er kommt als Dritter ins Ziel.

»Jetzt heißt es Daumen drücken«, erklärt Marek und greift nach meiner Hand. »Er muss im schultertiefen Wasser nach einem Ring tauchen und hat nur einen Versuch.«

Ich halte die Luft an und schreie laut los, als unser Schatz mit einem Gummiring in der Hand wieder auftaucht.

Wir feiern unseren Sohn, als hätte er olympisches Gold gewonnen.

Mika legt keinen Wert auf das Zeugnis. Er ist scharf auf das Abzeichen, das ihm einer von uns beiden noch heute auf seine Badehose nähen soll.

»Wir fragen Irene«, schlägt Marek vor und geht mit ihm in die Umkleidekabine.

Draußen angekommen entscheide ich mich, Marek das Steuer zu überlassen. Er ist der rasantere Fahrer von uns beiden und schafft es bestimmt, mich rechtzeitig zum Flughafen zu bringen.

Aber er setzt mich nicht einfach ab, sondern besteht darauf, mich in die Abflughalle zu begleiten.

Obwohl ich ohne die beiden im Schlepptau viel schneller wäre, warte ich brav. Doch nicht sie, sondern ich hetze ihnen auf meinen hohen Schuhen hinterher. Marek nimmt Kurs auf die Coffee Bar, wo ihn bereits ein Mann erwartet. Als Mika ihn entdeckt, rennt er auf ihn zu.

»Guck mal. Ich habe es geschafft.«

Der Mann beugt sich hinunter und begutachtet das Schwimmabzeichen, das Mika noch immer fest in den Händen hält, weil er nicht bereit ist, es herzugeben. Bisher konnte ich das Gesicht des Typen nicht erkennen, obwohl ich mir sicher bin, dass es einer von Mareks Ruderfreunden ist. Für weitere Nachforschungen fehlt mir die Zeit.

»Ich muss jetzt wirklich los«, erkläre ich und winke den Dreien zum Abschied zu.

Im Laufschritt begebe ich mich zur Sicherheitskontrolle. Heute habe ich mehr Glück als beim letzten Mal, die Schlange ist übersichtlich.

»Fliegst du Businessclass?«, fragt mich eine weibliche Stimme hinter mir.

Ich staune nicht schlecht, als ich Svenja erkenne, die sich frech an mir vorbeischlängelt und ihr Handgepäck vor mir aufs Laufband legt.

»Ich habe angenommen, du würdest mit den anderen per Bahn anreisen«, sage ich verblüfft.

Sie schnaubt. »Tja, da hast du dich wohl geirrt. Wäre ja nicht das erste Mal, dass du falsch liegst.«

Sie wirft mir ein herablassendes Grinsen zu und stolziert vor mir zum Gate.

Ich hoffe inständig, dass wir keine Plätze nebeneinander haben. Doch meine Gebete werden nicht erhört. Während ich aus dem Fenster schaue und darauf warte, dass die Stewardess die übliche Einweisung vornimmt, telefoniert sie in Überlautstärke.

»Ich vermisse dich jetzt schon.« Dann kichert sie albern. »Ja, sie sitzt sogar neben mir. Ich muss Schluss machen, Süßer. – Lass uns heute Abend telefonieren.«

Obwohl mir ihre peinliche Vorstellung nur ein müdes Lächeln abringt, brodelt es in mir.

»War doch echt süß von ihm, uns die Flüge zu spendieren, oder?«, stichelt sie weiter.

Am liebsten würde ich ihr auf den Kopf zusagen, dass ihr *Süßer* sich nur mit ihr abgibt, um mich zu treffen. Aber das verkneife ich mir.

Allerdings schwöre ich bei allem, was mir heilig ist, dass Marek es noch bitter bereuen wird, mich in diese Situation gebracht zu haben.

Starker Tobak

Marek

Ich mag es nicht, Schulden zu haben, und will Moritz das Geld, das er für Ingas Flugticket ausgelegt hat, gerade in bar zurückgeben, als sein Handy klingelt. Ich gehe einige Meter auf Abstand, damit er ungestört telefonieren kann. Doch das Gespräch dauert nicht lange. Er legt auf und ich zücke mein Portemonnaie.

»Lass dir Zeit, wenn du klamm bist.« Moritz ziert sich nicht nur, die hundertfünfzig Euro von mir anzunehmen, er irrt sich auch.

»Ich bin nicht klamm«, stelle ich sofort klar. »Hätte Inga auf ihren Shoppingtouren nicht das ganze Kreditlimit ausgeschöpft, wäre ich selbst in der Lage gewesen, die Onlinebuchung vorzunehmen.«

Endlich steckt er die Scheine ein. »Es war eine blendende Idee von dir, Inga einen Flug zu spendieren. Ich habe Svenja auch gleich ein Ticket besorgt. Sie hat sich bis in die Morgenstunden dankbar gezeigt.«

Ich schmunzle. »Ist das was Ernstes zwischen euch?«

»Ganz sicher nicht«, lacht mein Kumpel und bietet an, noch einen Kaffee auszugeben, bevor sich unsere Wege trennen.

Ich lehne ab und schlage stattdessen vor, dass er uns nach Hause begleitet. Er sucht nach Ausreden, aber als Mika ihn daran erinnert, dass er selbst vorgeschlagen hat, mit uns zu feiern, hat Moritz keine Chance mehr und stimmt zu, später nachzukommen.

Über so viel Hartnäckigkeit müssen wir lachen. Ich streiche meinem Kleinen über den Kopf. »Das hat er von seiner Mutter. Ihr kann auch niemand etwas abschlagen.«

Wir brechen auf.

Zu Hause kann es Mika nicht schnell genug gehen, Irene über seine bestandene Prüfung zu informieren. Er schnappt sich seine Badehose sowie das Abzeichen und flitzt durch den Garten zu ihr, während ich mich der Hausarbeit widme, für die ich schon bald keine Zeit mehr haben werde, wenn ich den neuen Barber Shop aufbaue.

Claudius hat ganz genaue Vorstellungen, wie seine erste deutsche Niederlassung aussehen soll. Nämlich genau wie seine Läden in London, Paris und Genf. Im Herbst kommt noch *Kleinkleckersdorf* dazu, amüsiere ich mich beim Staubsaugen. Doch wie ich Claudius kenne, wird er frech *Hamburg* auf sein Geschäftspapier drucken lassen, obwohl die Hansestadt gute vierzig Kilometer entfernt liegt.

Es klingelt an der Tür. Ich stelle den Sauger aus und marschiere in den Flur. Nicht Moritz, sondern der Postbote ist da. Er reicht mir einen Stapel Briefe und ein kleines Paket, dessen Empfang ich quittieren muss. Es handelt sich um Ingas Handy, wie ich dem Absender entnehmen kann.

Ich deponiere es auf dem Küchentisch und nehme mir vor, es ihr am Sonntagabend nach ihrer Rückkehr zu geben. Andererseits möchte ich wissen, ob es wieder funktioniert. Ich öffne die Schachtel und stelle es an. Kurz darauf leuchtet das

Display auf. Zufrieden, dass die Techniker das Gerät reparieren konnten, verbinde ich es mit einem Ladekabel.

Minutenlang juckt es mir in den Fingern, darin herumzuschnüffeln. Letztendlich gewinnt mein innerer Schweinehund und ich mache das, was ich zuvor noch nie getan habe. Ich durchforste ihren Nachrichtenordner.

Augenblicklich erhöht sich mein Pulsschlag. Fast alle Mitteilungen sind *an* oder *von* diesem Jan. Ich scrolle zu seiner ersten SMS, die er vor mehr als einem halben Jahr an sie versendet hat.

Liebste Inga,
dich zu treffen, war ein großes Glück. In Gedanken tanze ich noch immer mit dir durch die Nacht. Wann sehen wir uns wieder?

Mir wird schlecht. Erst recht, als ich ihre Antwort lese.

Liebster Jan,
auch du gehst mir nicht mehr aus dem Kopf. Ich habe den Abend mit dir sehr genossen. Ich hoffe, wir sehen uns schon sehr bald wieder.

Ich bin so wütend, dass ich um ein Haar das Handy gegen die Wand feuere, aber ich beherrsche mich im letzten Moment und sehe mir die Fotos an, die sie in der Galerie gespeichert hat.

Als Moritz eintrifft und mich fragt, was passiert sei, bin ich kurz davor, den Verstand zu verlieren.

»Du bist kreidebleich«, stellt er besorgt fest.

»Das wärst du auch, wenn du so etwas bei deiner Frau gefunden hättest.« Ich zeige ihm die Fotos.

»Wer ist dieser Schönling, der Inga im Arm hält und wie ein Honigkuchenpferd grinst?«

»Das ist dieser besagte Jan. Anscheinend läuft zwischen den beiden schon etwas, seit sie wieder angefangen hat zu arbeiten.

Und dafür habe ich meinen gut bezahlten Job aufgegeben. Ich bin so ein Trottel.«

Moritz rät mir, mich zu beruhigen. Aber das ist leichter gesagt als getan.

Ich bin immer noch fuchsteufelswild. »Dieses Wochenende verbringen sie auch wieder miteinander«, teile ich meinem Freund mit, während ich an die Wand starre.

»Woher weißt du das?«

»Sie hat es mir frech ins Gesicht gesagt.« Ich imitiere Inga und wiederhole ihre Worte, die sie mir beim Frühstück vor den Latz geknallt hat. »*Seine Kollektion ist vielversprechend. Ich werde ihn in unsere Lieferantenliste aufnehmen.*«

»Vielleicht haben die beiden wirklich nur eine berufliche Beziehung.«

Ich lache höhnisch auf. »Jahrelang bin ich im Vertrieb tätig gewesen, aber noch nie habe ich eine Nacht mit einer Kundin durchgetanzt. Mir hat auch noch keine geschrieben, dass sie mich vermisst.«

Moritz denkt einen Moment darüber nach. Dann überfliegt er noch einmal die Nachrichten. »Zugegeben, das alles ist schon sehr ungewöhnlich. Aber möglicherweise steckt dahinter nicht mehr als ein harmloser Flirt?«

Ich kann nicht fassen, dass ausgerechnet Moritz Partei für Inga ergreift. Gerade er, der mir schon vor Wochen geraten hat, einen Schlussstrich unter unsere Beziehung zu ziehen und sie zum Teufel zu jagen.

»Mir reicht, was ich gelesen habe.«

»Wäre ich an deiner Stelle, würde ich es genau wissen wollen.«

Ich schaue meinen Kumpel skeptisch an. »Rätst du mir gerade, dass ich nach Düsseldorf fahren und ihr hinterherspionieren soll?«

»Wer spricht denn von dir? Ich könnte Svenja bitten, Augen und Ohren aufzusperren.«

Ich schüttle entschieden den Kopf. »Nein! Ein bisschen Selbstachtung habe ich noch. Bitte, halt dein Betthäschen da raus. Es ist mir gar nicht recht, dass sie Einzelheiten aus unserem Privatleben erfährt. Schließlich ist sie Ingas Kollegin.«

Moritz schaut betreten zu Boden. Zögerlich gesteht er mir, dass es dafür wohl schon zu spät sei. »Sie ist bereits im Bilde.«

Ich werfe die Hände in die Luft. »Ach, Scheiße, Moritz! Warum konntest du deinen Mund nicht halten?«

»Es hat sich einfach so ergeben«, rechtfertigt er sich. »Übrigens, Svenja hat sich schiefgelacht, weil Inga annimmt, dass du ihr neuer Stecher bist.«

Ja, das scheint sie tatsächlich zu glauben. Was mich eingangs noch amüsiert hat, könnte sich jetzt allerdings als Bumerang herausstellen. Wenn Inga meint, ich würde andere Frauen vögeln, hätte auch sie freie Bahn und bräuchte kein schlechtes Gewissen zu haben, wenn sie mit Jan in die Kiste springt.

Allein der Gedanke, dass dieser Schmierlappen Hand an sie legt, bringt mein Blut zum Kochen. Ich brauche dringend frische Luft und trete hinaus in den Garten.

Irene winkt mir zu. »Euer Rasen könnte mal wieder gemäht werden«, schreit sie über das Grundstück.

Meine Hand ballt sich zur Faust. Ich will irgendetwas kaputt hauen. Aber ich lasse meine Wut nicht vor der Frau heraus, die gerade das Schwimmabzeichen auf die Badehose meines Sohnes näht.

»Du hast recht. Ich werde mich später darum kümmern.«

DÜSSELDORF

INGA

Obwohl der Flieger pünktlich gelandet ist, bleibt keine Zeit, noch vorher im Hotel einzuchecken. Ich ziehe meinen Trolley hinter mir her und marschiere in Richtung Ausgang.

»Die Buslinie 896 fährt direkt zum Messegelände«, erklärt Svenja, die mir dicht auf den Fersen folgt.

»Ich nehme mir ein Taxi«, verkünde ich und stürme den ersten freien Wagen. Der Fahrer verstaut mein Gepäck und ich nehme auf der Rückbank Platz.

Erst jetzt bemerke ich, dass Svenja wie ein begossener Pudel am Wagen verharrt und darauf wartet, dass ich ihr anbiete, auch einzusteigen. Ich bringe es nicht übers Herz, ohne sie abzufahren, und winke ihr durch das Fenster zu. Mit versteinerter Miene lässt sie sich neben mich auf die Rückbank fallen. »Ich habe schon gedacht, du lässt mich hier stehen.«

Genau wie ich blättert auch sie während der drei Kilometer kurzen Fahrt in ihren Unterlagen.

Am Ziel zeigt der Taxameter dreizehn Euro an. Ich gebe fünfzehn und lasse mir eine Quittung ausstellen.

Svenja telefoniert. Sie informiert Caro und die anderen Kollegen über unsere Ankunft.

»Sag ihnen, dass wir uns bei Cavaletti treffen«, rufe ich dazwischen.

Ohne Widerspruch richtet sie es aus, sodass wir wenig später alle einander gegenüberstehen.

Caro mustert mich, verliert aber keine Silbe der Anerkennung über mein Outfit. Ich muss auf das Lob unseres Praktikanten warten, der von meinen Schuhen ganz begeistert ist.

»Dann lasst uns loslegen«, bestimme ich und wünsche allen ein gutes Händchen bei der Vorauswahl.

»Wie können wir dich erreichen, falls Fragen auftauchen?«, fragt Svenja, obwohl sie genau weiß, dass ich zurzeit kein Handy habe.

»Gar nicht! Ihr könnt wie gewohnt beim Abendessen eure Favoriten präsentieren.«

»Sie klingt schon wie Meryl«, höre ich Caro lästern.

Ich belege sie mit einem strengen Blick. »Alles klar?«

Caro und Svenja ziehen die Köpfe ein. Feige Hühner!

Die Truppe setzt sich in Bewegung. In Zweiergruppen nehmen sie Kurs auf unsere Bestandskunden. Nur ich marschiere allein und schnurstracks zum Stand von Johannsen Design.

Jan lässt sofort alles stehen und kommt auf mich zu. Ich bekomme eine warme Umarmung, die nach meinem Geschmack gern etwas länger hätte dauern dürfen.

»Läuft es gut bei dir?«, erkundige ich mich.

»Könnte besser sein. Aber nun bist du ja da«, antwortet Jan und zieht mich vom Stand. »Lass uns irgendwo was essen. Ich habe heute noch nicht einmal gefrühstückt.«

Ich stimme zu, denn es ist nicht nötig, dass ich mir seine Kollektion ansehe. Die habe ich bereits in Kopenhagen in Augenschein genommen.

Wir landen beim Italiener.

Jan scheint wirklich sehr hungrig zu sein, denn er greift schon beherzt beim Ciabatta und der Knobicreme zu, bevor das Hauptgericht serviert wird.

»Du solltest auch davon probieren, sonst kannst du mich den Rest des Tages nicht riechen«, schlägt er vor und reicht mir den Brotkorb. Ich folge seinem Rat.

»Das ist verdammt lecker«, gestehe ich mit vollem Mund.

»Unter uns, Inga. Ich könnte mich ausschließlich davon ernähren. Ein gutes Glas Wein, Weißbrot und vielleicht noch ein Stück Käse. Mehr brauche ich nicht.«

Zwar teile ich seine Meinung nicht, dennoch stimme ich ihm zu.

Jan verzichtet auch bei seinen Designs auf jeglichen Schnickschnack. Deshalb überrascht es mich nicht, dass er es auch kulinarisch eher schlicht mag.

»Wie geht es deinem Sohn?«, will er wissen und ahnt gar nicht, wie sehr es mich freut, dass er sich nach Mika erkundigt. Offensichtlich zeigt er doch Interesse an ihm.

Stolz berichte ich von der Schwimmprüfung. »Das ist auch der Grund, weshalb ich erst so spät angekommen bin.«

»Hauptsache, du bist da«, flüstert er und tätschelt meine Hand.

Komisch, denke ich und senke den Blick. Ich spüre nichts. Als Marek mich gestern Nacht vor Irenes Haus berührt hat, habe ich sofort eine Ganzkörpergänsehaut bekommen.

Wieso denke ich jetzt überhaupt an ihn?

Vielleicht, weil es auch heute Morgen einen besonderen Moment zwischen uns gab, als wir gemeinsam am Beckenrand standen und er vor lauter Aufregung wegen Mikas Prüfung unbewusst meine Hand ergriff.

»Hallo! Hörst du mir zu? Wo bist du denn mit deinen Gedanken?«

Ich räuspere mich. »Entschuldigung, was hast du gesagt?«

»Ich wollte wissen, wie es beruflich bei dir läuft.«

Ich hebe die Brauen. »Frag lieber nicht.«

»Aber du hast doch noch immer den Hut auf, oder?«

Ich nicke und lächle. »Ja, ich habe die Macht. Das werden die Hühner heute Abend auch auf ganzer Linie zu spüren bekommen.«

»Dann bleibt es dabei, dass du meine ganze Kollektion nimmst?«

Ich setze mein Pokerface auf. »Nur, wenn du mir Exklusivität einräumst.«

»Deutschlandweit?«

»Natürlich«, bestätige ich und habe Mühe, mir ein Lachen zu verkneifen.

»Können wir uns vielleicht auf Norddeutschland einigen?«

Ich reiche ihm die Hand. »Schlag ein!«, fordere ich ihn auf, denn ursprünglich hatte ich vor, nur mit ihm für Hamburg zu verhandeln.

»Wir sind uns so ähnlich«, schnurrt er. »Wir leben für unseren Beruf. Da kommt Privates immer zu kurz. Das ist halt der Preis für den Erfolg.«

Endlich verlässt er das geschäftliche Terrain und kommt auf den Punkt zu sprechen, der mich brennend interessiert.

»Glaub mir, ich weiß, wie du dich gerade fühlst. Auch ich hatte schwer an der Trennung zu knabbern, aber letztendlich war es die richtige Entscheidung.«

Dass Jan schon länger Single ist, weiß ich bereits. Er hat es am Rande erwähnt, als wir uns kennengelernt haben. Jetzt ist ein guter Zeitpunkt, um mehr von ihm zu erfahren. »Wie lange wart ihr zusammen?«

»Fünf Jahre.«

»Genau wie Marek und ich. Aber es gibt einen entscheidenden Unterschied. Du hast keine Kinder.«

»Stimmt, so gesehen kann man es nicht vergleichen.«

»Willst du auf Kinder verzichten?«

Jan grinst. »Dafür ist später immer noch Zeit. Ich nehme mir ein Beispiel an Elton John. Der war schon 63, als er zum ersten Mal Vater wurde.«

Während ich über seine merkwürdigen Ansichten den Kopf schüttle, nimmt er dem herannahenden Kellner den Teller ab. »Guten Appetit«, wünscht er mir.

Er haut rein wie ein Waldarbeiter, während ich in meinem Salat herumstochere.

»Keinen Appetit?«, fragt er mich mit vollem Mund.

»Nicht wirklich. Ich bin noch satt vom Frühstück. Richtigen Hunger bekomme ich immer erst abends.«

»Apropos heute Abend. Gehen wir wieder tanzen?«

»Unbedingt«, antworte ich und lege mein Besteck beiseite.

Statt eines Desserts bestellt Jan zwei Tassen Kaffee. Noch bevor sie serviert werden, zieht er Bestellformulare aus seiner Ledermappe. »Wollen wir gleich? Dann haben wir es hinter uns.«

Ich staune, dass er bereits alles vorbereitet hat. Weil sich die aufgelisteten Artikel mit meinen Vorstellungen decken, unterzeichne ich das erste Mal als verantwortliche Chefeinkäuferin und füge handschriftlich die vereinbarte Exklusivitätsklausel hinzu.

»Den Schampus schlürfen wir nachher«, verspricht er mit einem Zwinkern und bittet um die Rechnung.

Wir kehren zur Messe zurück, obwohl ich dort eigentlich gar nichts mehr zu tun habe. Den Großteil meines Budgets habe ich bereits bei Jan investiert.

»Eigentlich könnte ich direkt ins Hotel gehen.«

Aber er widerspricht. »Noch nicht, bitte. Ich will dir erst was zeigen.«

Verwundert folge ich ihm in eine Halle, in der auch Brautmoden ausgestellt werden.

»Bist du sicher, dass wir hier richtig sind?«

»Nur zum Spaß«, kichert er.

Er greift nach meiner Hand und zieht mich durch die Gänge. Vor einem Eckstand macht er halt.

»Karim«, ruft er, breitet seine Arme aus und stürmt auf einen südländischen Mittvierziger zu. »Darf ich vorstellen, das ist Inga aus Hamburg. Welches Hochzeitskleid würdest du dieser Schönheit empfehlen?«

Das Ganze kommt mir spanisch vor. »Was soll das?«, frage ich entgeistert.

»Bitte, mach doch mit. Ich will mich mit dir von Karim fotografieren lassen.«

»Ich weiß nicht«, stottere ich. Aber Jan ignoriert meine Bedenken. Ehe ich michs versehe, reicht Karim mir zwei Modelle. Ich soll mich für einen der beiden Träume in Weiß entscheiden.

Weil ich immer noch zögere, trifft Jan die Wahl für mich und schickt mich in die Umkleidekabine.

Im Beisein von zwei dürren Models schlüpfe ich in ein Kleid, das mir gar nicht passt. Im Rücken ist es viel zu weit und schlägt Falten. Für den üppigen Herzausschnitt fehlt es mir an Oberweite. Unzufrieden betrachte ich mich im Spiegel, als Karim den Vorhang zur Seite schiebt und mich eingehend mustert. Mit Klammern und Nadeln bewaffnet passt er Spitze und Tüll meiner Figur an.

»Zauberhaft«, ruft Jan und applaudiert, als ich heraustrete.

Mir fällt sofort auf, dass auch er sich umgezogen hat und einen dunklen Smoking trägt.

Er schiebt mich auf ein Podest und fordert mich auf, ein freundliches Gesicht zu machen. »Nun, schau mich doch mal verliebt an.«

Je mehr ich mich bemühe zu lächeln, desto weniger gelingt es mir. Im Gegenteil. Erst bildet sich ein dicker Kloß in meinem Hals, dann fange ich aus heiterem Himmel an zu weinen.

Jan reißt entsetzt die Augen auf. »Meine Güte, Inga. Was ist mit dir?«

Ich bin nicht fähig, ihm zu erklären, warum ich plötzlich so traurig bin. Es hat mit diesem Kleid zu tun. Schon als junges Mädchen habe ich davon geträumt, in Weiß zu heiraten, aber Marek hat nie den Versuch unternommen, um meine Hand anzuhalten. Ihm reicht es völlig, dass wir ein gemeinsames Kind haben.

»Können wir diesen Quatsch jetzt lassen?«, schniefe ich. Allerdings warte ich Jans Zustimmung gar nicht erst ab.

Ich gehe in die Kabine und tausche das Brautkleid gegen mein Kostüm. Gleich darauf verabschiede ich mich. »Ich gehe jetzt ins Hotel. Bis später, Jan.«

Gleich nachdem ich mein Zimmer bezogen habe, rufe ich zu Hause an, aber es meldet sich niemand auf dem Festnetzanschluss. Ich versuche es bei Irene. Bei ihr habe ich mehr Glück.

Nach einer kurzen Begrüßung erkundige ich mich, ob sie wisse, wo meine Familie steckt.

»Marek mäht den Rasen und Mika steht mit einem jungen Mann am Grill. Ich bereite gerade einen Salat für uns zu, denn sie haben mich eingeladen mitzufeiern.«

»Ich wäre jetzt gern bei euch«, seufze ich.

»Wir heben dir ein Würstchen auf«, verspricht sie und würgt mich ab, noch bevor ich sie bitten kann, liebe Grüße auszurichten.

Punkt halb sieben schlendere ich mit meiner Dokumentenmappe unter dem Arm ins Restaurant. Meine Leute sitzen bei Wasser am reservierten Achtertisch und unterhalten sich angeregt. Sie verstummen sofort, als ich mich an den Kopf der Tafel setze.

Wortlos lege ich mein Tablet und den Taschenrechner auf den Tisch. Letzterer ist für das anstehende Meeting zwingend notwendig. Ich blicke in die Runde und bitte Caro anzufangen.

Sie präsentiert Strickwaren und klassische Oberbekleidung. Bis auf zwei Modelle nicke ich ihre Vorschläge ab.

»Das ging ja schnell«, äußert sie zufrieden und schnappt sich die Speisekarte. Als sie laut vorliest, wonach ihr der Sinn stünde, muss ich sie tadeln.

»Bitte, lass uns erst das Geschäftliche hinter uns bringen.«

»Selbstverständlich, Meryl«, mischt Svenja sich ein und klappt ihr Tablet auf. Sie geht davon aus, dass sie jetzt an der Reihe sei, ihre Anzüge zu zeigen, aber das kann sie vergessen. Ich gebe den Kollegen für Mäntel und Jacken den Vortritt.

Nach einer Stunde steht unsere Liste und ich winke den Ober heran. Für das, was jetzt kommt, würde ich gern mit einem Glas Wein in die Runde prosten.

»Und was ist mit mir?«, meldet sich Svenja erbost.

Ich schaue sie auf die gleiche impertinente Weise an, wie sie mich seit Tagen anstarrt. »Das wüsste ich auch gern«, gebe ich zurück. »Vielleicht möchtest du mir direkt ins Gesicht sagen, *was mit dir ist.*«

»Ich rede von meiner Vorauswahl«, poltert sie.

Natürlich hat sie davon gesprochen, aber ich konnte mir nach ihrer Vorlage den kleinen Seitenhieb einfach nicht verkneifen.

Da es mit dem Wein offensichtlich nicht so schnell klappt wie erhofft, erhebe ich mein Wasserglas. »Wir haben einen prima Job gemacht. Jetzt können wir zum gemütlichen Teil übergehen.«

Ich genieße die ungläubigen Blicke meiner Kollegen.

Svenja hält es nicht mehr auf ihrem Stuhl. Sie springt auf. »Willst du mich veräppeln, Inga?«

Ich schüttle unschuldig den Kopf. »Nein, wir sind hier fertig.«

»Du hast dir meine Cavaletti-Anzüge noch gar nicht angesehen.«

Jetzt lasse ich die Bombe platzen. »Das können wir uns sparen. Cavaletti ist raus.«

»Bist du noch ganz dicht? Mit dem Label arbeiten wir seit Jahren«, schreit Svenja so aufgebracht, dass schon die Leute am Nebentisch zu uns rüberschauen.

»Eben. Es wird Zeit für was Neues.«

»Soll ich mal raten?«, mischt sich Caro ein. »Wir führen künftig *Johannsen Design*.«

Ich nicke über den Tisch. »Ganz richtig – und zwar exklusiv.«

»Meryl wird dich köpfen«, prophezeit Caro und klingt nun tatsächlich besorgt.

Verwundert darüber, dass sie sich Gedanken um mich macht, antworte ich ihr: »Das Risiko gehe ich ein.«

Svenja gibt keine Ruhe. »Du bist so unprofessionell, Inga. Es geht dir doch gar nicht um Cavaletti, sondern um mich. Nur weil du annimmst, ich würde mit deinem Marek vögeln, mobbst du mich. Aber ich habe nichts mit ihm. Ich bin mit seinem Freund Moritz zusammen!«

Ich schlucke und ringe um Fassung. Gerade setze ich an, ihr zu sagen, dass hier der falsche Ort für persönliche Angelegenheiten ist, als sie aufsteht und mit dem Handy am Ohr den Gastraum verlässt.

Peinlich berührt greifen alle zu den Speisekarten und verstecken ihre Köpfe dahinter.

Mir reicht es. Ich packe meine Sachen zusammen und erhebe mich. »Macht euch noch einen schönen Abend. Wir sehen uns am Montag.«

FILMABEND

MAREK

Pappsatt lässt Moritz sich aufs Sofa plumpsen und stellt den Fernseher an. Bevor wir uns den Thriller ansehen, den er für unseren Filmabend ausgesucht hat, räume ich den Tisch ab und mache Mika fertig. Ohne Sperenzchen lässt er sich ins Bett bringen.

Obwohl er vom Baden völlig erschöpft ist, besteht er auf seiner Gutenachtgeschichte.

Als ich Stimmen aus dem Wohnzimmer höre, klappe ich das Buch auf Seite drei zu, denn ich befürchte, dass Moritz schon die Starttaste betätigt hat. Damit ich den Anfang nicht verpasse, drücke ich meinem Kleinen einen Kuss auf die Stirn und flitze aus dem Kinderzimmer.

Aber auf dem Flatscreen ist nach wie vor das Standbild zu sehen. Moritz steht auf der Terrasse und telefoniert. Ich werde aus den Wortfetzen nicht schlau.

»Echt? – Na, sicher hätte sie dir das vorher sagen können. – Du hast recht. Das war gemein. – Mach keine Scherze! – Ja, schick mal rüber.«

Moritz kommt wieder rein.

»War das deine Flamme?«, frage ich und nehme zwei Flaschen Bier aus dem Kühlschrank. Er nickt und starrt weiterhin auf das Display seines Telefons.

»Was hat sie dir erzählt?«, will ich wissen, als es erneut piept.

»Zickenkrieg vom Feinsten. Deine Inga hat ihr gezeigt, wer von den beiden die Hosen anhat. Svenja ist fuchsteufelswild.«

Ich reiche ihm die Flasche, aber er nimmt sie mir nicht ab. Stattdessen fixiert er sein Telefon. »Das gibt es doch nicht!«, ruft er plötzlich und schaut mich mit weit aufgerissenen Augen an.

»Was denn?«, hake ich nach.

»Das willst du nicht sehen«, erwidert er.

Doch ich will. Ich will sogar unbedingt sehen, was ihn so aus der Fassung bringt, und nehme ihm das Telefon aus der Hand.

Mein Herz hat für einen Moment lang aufgehört zu schlagen, als ich die Frau im Brautkleid als Inga identifiziere, die mit hochroten Wangen neben diesem Lackaffen posiert.

»Alles klar«, stammle ich und gebe Moritz sein Handy zurück.

»Das muss doch nichts bedeuten«, versucht mein Kumpel, mich aufzumuntern. »Vielleicht hat es geschäftliche Gründe. Bei der Messe geht es doch schließlich um Fashion.«

»Inga ist für Herrenmode zuständig. Es ist wohl sonnenklar, was das bedeutet.«

Moritz spürt, dass mir jetzt nicht mehr der Sinn danach steht, einen Film anzusehen. »Willst du lieber allein sein?«

Ich nicke und begleite ihn zur Tür.

PICKELGESICHT

INGA

Selbstbewusst und mit einer Portion Schadenfreude stolziere ich durch die Lobby. Obwohl es gar nicht meine Absicht war, erfüllt es mich mit Genugtuung, es dieser Kröte gezeigt zu haben.

Ich besteige den Lift und lasse mich in die dritte Etage fahren, als der stechende Schmerz in meinen Füßen kaum noch auszuhalten ist. Wie dumm von mir, mit nagelneuen Schuhen auf die Messe zu gehen.

Im Zimmer kicke ich die unbequemen Treter sofort in die Ecke und entledige mich meiner Strumpfhose. Mit nackten Beinen schmeiße ich mich aufs Bett und strecke sie in die Luft. Aber der Schmerz lässt nicht nach. Ich habe fette Blasen an den Hacken, die mir signalisieren, dass ich mir den Tanz durch die Nacht abschminken kann.

Gerade will ich zum Hörer greifen, um Jan über das Haustelefon anzurufen, als es an meine Zimmertür klopft.

Er steht in persona vor mir und zieht ein Gesicht. Statt sich darüber zu freuen, dass ich schon alles erledigt habe und bereit bin, mich mit ihm ins Nachtleben zu stürzen, stellt er eine Frage, die mich sprachlos macht.

»Hast du Haargel dabei? Ich bekomme gleich einen Koller, wenn ich diese verfickte Strähne nicht sofort bändigen kann.«

Ich habe keine Ahnung, welche Haarsträhne ihm so zu schaffen macht, denn er streicht sich unaufhörlich durch sein haselnussbraunes Haar. Bevor er noch gänzlich ausflippt, bitte ich ihn einzutreten. »Ich habe Spray. Geht das auch?«

»Besser als nichts«, murrt er und verschwindet im Bad. Durch die geschlossene Tür höre ich ihn fluchen. »Mist! Gerade heute.«

»Du siehst super aus«, versichere ich ihm, als er kurz darauf in meinem Zimmer erscheint. Die Frisur sitzt, aber sein Gesicht ist von unzähligen Stresspickeln übersät. Er erinnert mich an den Kirschstreuselkuchen aus dem Café König.

»Die bekomme ich immer, wenn ich aufgeregt bin«, erklärt er und setzt sich zu mir aufs Bett.

Ich lache nervös. »Meinetwegen musst du doch nicht aufgeregt sein.«

Er greift nach meiner Hand und drückt sie ganz fest. »Nicht du bist der Grund, Liebes«, meint er seufzend. »So, wie ich gerade aussehe, kann ich mich unmöglich bei Karim sehen lassen.«

Hä? »Wir gehen mit Karim zum Tanzen?«

»Keine Sorge. Er ist Nichttänzer. Aber es ist enorm wichtig, dass er einen guten Eindruck von mir hat. Schließlich will ich ihm meine Smokings verkaufen.«

Aha, jetzt begreife ich.

Das Fotoshooting war kein Spaß, sondern diente dazu, mit ihm ins Geschäft zu kommen. Die Frage, die ich mir eigentlich sparen könnte, stelle ich trotzdem. »Wir verbringen den Abend also zu dritt?«

»Schätzelchen, in Düsseldorf geht es immer nur ums Geschäft.« Er schaut in den Spiegel und streicht sich über die pickelige Wange. »Könntest du mir eventuell mit ein wenig

Concealer aushelfen? Puder würde auch reichen. Hauptsache, ich glänze nicht wie eine Speckschwarte. Karim ist nämlich ein Ästhet der Sondergüte.«

Ich stehe auf und werfe ihm meinen Schminkbeutel zu. Endlich ist der Groschen bei mir gefallen. Ich begreife, was hier gerade abgeht. »Bedien dich und dann mach 'ne Fliege!«

»Bitte?«, echauffiert er sich.

»Warum nicht? Den Deal mit uns hast du doch schon in festen Tüchern. Es besteht folglich kein Grund mehr, mir deine kostbare Zeit zu widmen.«

Er tanzt auf mich zu. »Aber Inga-Darling, das verstehst du völlig falsch.«

Ich fürchte, ich habe es viel zu lange falsch verstanden.

Er kniet vor mir und schmachtet mich mit seinem falschen Lächeln an. »Ich mag dich wirklich. Das hat nichts mit deiner Order zu tun.«

Ich richte mich auf und stelle ihn auf die Probe. »Wirklich? Wenn es tatsächlich so ist, wie du behauptest, dann zerreiß meine Bestellung. Schlag den üblichen Weg ein und stell uns deine Kollektion wie alle anderen Designer in der Hauptverwaltung vor.«

Er lacht auf. »Ich soll was? Du bist wohl nicht gescheit. Nein, ich korrigiere: Du bist komplett untervögelt, meine Liebe. Frag mal beim Portier nach. Der hat sicher gute Kontakte zu Callboys und kann dir bestimmt jemanden vermitteln, der dich für ein paar Scheine nach Strich und Faden verwöhnt.« Daraufhin schnappt er sich meine Dose Haarspray und schaut mich herablassend an.

Mir wird kotzübel. »Verpiss dich, Pickelgesicht!«, brülle ich fassungslos und schubse ihn mit geballter Kraft aus der Tür.

Menschenkenntnis:

MANGELHAFT

INGA

Während meine Kollegen bereits in der Bahn nach Hamburg sitzen, klappere ich die Stände ab und hinterlasse meine Order. Zum wiederholten Mal verspreche ich, Marita alias Meryl liebe Grüße auszurichten, lasse mich herzen und lehne das obligatorische Glas Champagner ab.

Endlich habe ich es geschafft. Ich könnte den nächsten Ausgang nehmen und wäre schon am Taxistand, aber dann müsste ich bei Jan vorbei. Und das kommt für mich nicht infrage.

Wenn es nach mir geht, möchte ich ihn nie wieder sehen. Wie konnte ich mich nur so in ihm täuschen? Noch nie zuvor hat es jemand geschafft, mich derartig zu manipulieren.

Seine Avancen hatten nur ein Ziel: Er wollte lediglich einen Fuß in die Tür unseres Unternehmens bekommen. Ich war nur Mittel zum Zweck. Unfassbar, dass ich ihm auf den Leim gegangen bin.

Es kann mir nicht schnell genug gehen, nach Hause zu kommen. Die Sehnsucht nach meiner Familie ist körperlich spürbar. Wenn ich fliegen würde, könnte ich sie drei Stunden früher in die Arme schließen, aber meine Finanzen lassen es nicht zu, das schnellste Transportmittel zu nehmen.

Meine Frustkäufe, wie Marek meine Anschaffungen zu Recht genannt hat, haben unser Konto bis ans Limit strapaziert. Mir bleibt nichts anderes übrig, als den Heimweg auf Schienen anzutreten. Außerdem ist das Bahnticket bereits bezahlt.

Weil ich keine Platzreservierung habe, wähle ich den ersten freien Sitz im Abteil.

Der Zug hat sich schon in Bewegung gesetzt, als sich ein junger Mann auf die gegenüberliegende Bank pflanzt. Er trägt Kopfhörer. Offensichtlich sind es nicht die besten, denn auch ich kann die Musik laut und deutlich hören.

Genervt verziehe ich das Gesicht und krame mein Tablet aus der Tasche, um mich abzulenken.

Nach dem ersten Halt klingelt sein Telefon. Freimütig lässt er mich und die anderen Reisenden an seinem Privatleben teilhaben.

»Na und? Gib nicht mir die Schuld. Ich habe sie vorher gefragt, ob sie die Pille nimmt. Sie hat Ja gesagt. – Vergiss es, Alter. Ich werde nicht mein Leben aufgeben, nur weil sie zu dämlich ist, um zu verhüten.«

Schockiert starre ich ihn an.

»Was glotzt du so blöd?«, fährt er mich an und macht eine bedrohliche Handbewegung.

Ich muss mich nicht zwingen, den Rest des Telefonats zu ignorieren. In Gedanken bin ich ganz woanders. Ich denke an Marek und mich und wie es damals war, als ich ihm eröffnet habe, dass ich ein Kind von ihm erwarte.

Gut, er hat keine Luftsprünge gemacht. Erst wurde er kreidebleich und hat geschluckt, aber schon Sekunden später nahm er mich in den Arm, drückte mich ganz fest an seine harte Brust und versicherte mir, dass er mich niemals im Stich lassen würde. Und er hielt Wort.

Der Zug hält und alle Passagiere steigen aus. Eine ältere Dame bittet mich, ihr mit dem schweren Koffer behilflich zu sein. Ich schaue ungläubig aus dem Fenster.

»Das ist doch nicht der Hauptbahnhof.«

»Nein, das ist der Bahnhof Hamburg-Harburg. Hier geht es nicht weiter. Wenn Sie weiterwollen, müssen Sie in den Metronom umsteigen.«

»Dann bin ich ja erst in einer Stunde zu Hause«, seufze ich, schnappe mir den Koffer der Seniorin und helfe ihr beim Aussteigen.

Ihr Blick wandert über den Bahnsteig. Nach einer Weile greift sie in ihre Manteltasche und zieht ein Handy heraus. »Mein Enkel wollte mich abholen«, erklärt sie. »Besser, ich rufe ihn an.«

Ich bringe es nicht fertig, sie einfach stehen zu lassen, und warte, bis sie ihr kurzes Gespräch beendet hat. Erleichtert nickt sie mir zu. »Er hat mich nicht vergessen und ist schon unterwegs.«

»Fein«, erwidere ich und starre gebannt auf ihr Handy. »Dürfte ich vielleicht mit Ihrem Telefon bei mir zu Hause anrufen? Ich zahle selbstverständlich dafür.«

Sie grinst und reicht mir das Gerät. »Nicht nötig. Ich habe eine *Flett-Rät*.«

Die einzige Nummer, die ich auswendig kenne, ist Mareks. Nachdem es dreimal klingelt, geht er ran. Förmlich meldet er sich mit »Bahlburg«.

Mit zuckersüßer Stimme begrüße ich ihn. »Ich bin's. Der Zug ist nur bis Harburg gefahren. Würdest du mich abholen? – Hallo? Marek? Kannst du mich verstehen?«

»Lass dich von deinem Bräutigam abholen!«

Er hat das Gespräch weggedrückt, bevor ich irgendwas äußern kann.

Wie vom Donner gerührt stehe ich da und fasse nicht, was er gerade gesagt hat.

»Vielen Dank«, stammle ich und gebe der Dame das Telefon zurück.

Mein konsternierter Blick bleibt ihr nicht verborgen. »Alles in Ordnung mit Ihnen?«

»Alles gut«, antworte ich, obwohl ich weiß, dass gar nichts gut ist und ich metertief im Schlamassel stecke.

Ich gehe fest davon aus, dass ich es Svenja zu verdanken habe, dass er von dem Brautkleid-Shooting erfahren hat. Aber das ist eigentlich nebensächlich.

Viel mehr beschäftigt mich die Frage, wie ich Marek erklären soll, dass ich mich völlig verrannt habe und es zutiefst bereue, ihn um Abstand gebeten zu haben.

Ich hoffe, dass er meine Entschuldigung annimmt und es nicht zu spät ist, in unser altes Leben zurückzukehren, bevor mir dieser verfickte Däne den Kopf verdreht hat.

Mit der festen Absicht, reinen Tisch zu machen, betrete ich mein Zuhause. Ich verkneife es mir, laut zu rufen, dass ich wieder da sei, weil ich fest davon ausgehe, dass Mika schon schläft.

Ich stelle meinen Koffer ab und schleiche ins Wohnzimmer. Völlig verblüfft stelle ich fest, dass Irene auf der Couch sitzt und fernsieht. Sie stellt den Kasten sofort aus, als sie mich bemerkt.

»Wo ist Marek?«

Sie misst mich mit einem verächtlichen Blick. »Fort! Er hat mich gebeten, auf Mika aufzupassen, bis du wieder da bist. Das bist du ja nun und ich kann gehen.«

»Was heißt *fort*?«, frage ich ängstlich nach.

»Es heißt, *er ist gegangen*. Endgültig! Das hast du ja toll hinbekommen. Ich hoffe, dein Neuer ist es wert, dass du deine Familie zerstört hast.«

»Es gibt keinen Neuen!«, schreie ich sie an und renne ins Schlafzimmer.

»Sag das nicht mir, sondern ihm!«, ruft Irene mir hinterher. Ich reiße die Schranktüren auf und stelle fest, dass nur noch meine Klamotten auf Bügeln hängen.

Ich laufe zurück ins Wohnzimmer und greife zum Telefon, doch Irene winkt ab. »Du solltest vielleicht erst seinen Brief lesen.«

Sie steht auf und deutet mit ausgestreckter Hand auf den Schrank, wo nicht nur ein weißer Umschlag, sondern auch mein Handy liegt.

Entsetzt schlage ich die Hand vor den Mund. *Er wird doch wohl nicht in den Nachrichten gestöbert haben?*

Irene öffnet die Terrassentür. »Ich gehe jetzt. Bring Mika morgen früh rüber.«

Mit zittrigen Fingern öffne ich den Brief, der nur aus einem Wort besteht. *WARUM?*

Erste Tränen bahnen sich den Weg über meine Wangen. Ich greife zu meinem Smartphone und rufe Marek an. Es klingelt so lange, bis die Mailbox anspringt. Er hat sie so eingestellt, dass ich keine Nachricht hinterlassen kann.

Schluchzend werfe ich mich auf die Couch und vergrabe mein Gesicht im Kissen. Leise wimmere ich vor mich hin, als ich einen Piepton wahrnehme.

Marek hat mir eine SMS geschickt.

Bitte ruf mich nicht mehr an. Ich habe deine Nummer blockiert. Sollte etwas mit Mika sein, wende dich an Irene. Sie wird mich dann informieren.

GROSSE ENTTÄUSCHUNG

INGA

Trotz einer dicken Schicht Make-up sehe ich aus wie ausgespuckt. Irene hat recht. Ich muss dringend mit Marek sprechen. Aber wie, wenn ich nicht weiß, wo er steckt? Es gäbe eine Möglichkeit, seinen Aufenthaltsort herauszufinden. Ich müsste nur Svenja fragen. Wenn nicht sie, wird ihr Freund Moritz bestimmt wissen, wo ich ihn finden kann. Auch wenn das bedeutet, dass ich über meinen Schatten springen muss, bin ich bereit, mich bei ihr anzubiedern.

Schnurstracks marschiere ich auf ihren Schreibtisch zu, aber sie ist nicht da.

»Svenja ist bei Meryl«, informiert mich unser Praktikant. *Na, die hat ja keine Zeit verloren, mich anzuschwärzen*, denke ich und begebe mich an meinen Arbeitsplatz.

Kaum habe ich Platz genommen, klingelt mein Telefon. Ich werde von der Vorzimmerdame ins Chefbüro zitiert.

»Okay«, murmle ich und eile in die obere Etage, weil ich es so schnell wie möglich hinter mich bringen will.

»Gehen Sie gleich durch«, meint die Chefsekretärin.

Ich hole noch einmal tief Luft, klopfe an die Tür und trete ein.

Vor dem riesigen Schreibtisch des Firmeninhabers hocken Meryl und Svenja. Sie bleiben sitzen, während sich mein Oberboss erhebt und einen Stuhl aus der Besucherecke für mich holt.

Er kommt gleich zum Punkt. »Sie haben Cavaletti keinen Auftrag erteilt. Warum nicht?«

Auf diese Frage bin ich bestens vorbereitet. »Seine Designs sind nicht mehr zeitgemäß. Außerdem sind sie in jedem Kaufhaus zu bekommen. Seit Kurzem betreibt er einen Online-Shop, in dem er seine Modelle sogar reduziert anbietet.«

»Ist das so?«, erkundigt er sich bei Meryl.

Sie gibt sich überrascht. »Das ist mir neu.«

»Und warum haben Sie sich ausgerechnet für Johannsen entschieden?«, will der Big Boss von mir wissen. »Er ist ein Newcomer und kaum bekannt.«

Ich könnte ihm antworten, dass er frischen Wind in unsere konservative Kollektion bringt, aber so weit komme ich gar nicht, denn Svenja meint, die Antwort zu kennen. »Weil Inga und er ein Verhältnis haben.«

Ich setze mich empört auf. »Das ist ungeheuerlich!«, fauche ich sie an.

Svenja legt nach. »Ich weiß es aus erster Quelle und kann es obendrein beweisen. Wenn Sie wollen, hole ich mein Handy und zeige Ihnen die Fotos, die ich am Samstag von den beiden gemacht habe.«

»Nicht nötig«, erwidert unser Boss und wendet sich Meryl zu. »Wie kriegen wir die Kuh vom Eis? Besteht die Chance, die Order zu stornieren?«

Sie zuckt mit den Achseln. »Ich habe zwar noch nicht mit ihm gesprochen, aber letztendlich hat Inga rechtsverbindlich bestellt. Sollte er sich querstellen, gäbe es nur die Möglichkeit, den Vertrag anzufechten. Wir erklären, dass sie gar nicht befugt war. Wenn Johannsen trotzdem auf Erfüllung besteht, kann er sich ja an sie als Privatperson wenden.«

Mir bleibt die Luft weg.

»Bitte gehen Sie jetzt«, fordert der Oberboss mich höflich, aber bestimmt auf.

Fassungslos komme ich seiner Bitte nach.

Wie in Trance schleiche ich den langen Flur entlang. Sollte Meryl ihre Drohung wahr machen, käme das einer Katastrophe gleich. Jan stimmt unter keinen Umständen einem Storno zu. Er würde seine Forderungen von mehr als hunderttausend Euro bei mir geltend machen, ohne zu zögern. Ich müsste das Haus verkaufen, denn keine Bank der Welt würde mir einen Kredit in dieser Höhe gewähren.

Gleich ist es so weit und ich bekomme eine Panikattacke. Ich ringe nach Luft. Noch bevor meine Beine nachgeben, erreiche ich meinen Schreibtisch. Ich lasse mich auf den Stuhl fallen und kehre meinen Kollegen den Rücken zu.

»Haben sie dich gefeuert?«, will Caro wissen.

Ich bin nicht fähig, ihr zu antworten, obwohl ich ihr liebend gern sagen würde, dass sie sich schleichen soll.

Ihr Telefon klingelt. Gleich darauf vermeldet sie, dass alle zu Meryl ins Büro kommen sollen. »Du nicht!«

Ich öffne das Fenster, denn ich brauche dringend Sauerstoff.

Nach drei langen Atemzügen setzt mein Verstand wieder ein. Ich gehe zu Svenjas Schreibtisch und öffne die Schublade. Genau wie ich bewahrt auch sie ihr Handy dort auf. Hektisch checke ich ihre Kontaktliste. Unter M finde ich die Rufnummer von Moritz und notiere sie auf einem Zettel.

Zurück an meinem Arbeitsplatz wähle ich seine Nummer. Mein Anruf landet auf der Mailbox.

»Hier ist Inga«, stottere ich und bitte ihn, mich anzurufen. Ich hinterlasse meine Büro- und meine Mobilnummer. »Es ist wirklich wichtig«, füge ich an, bevor ich rasch auflege, weil Caro im Anmarsch ist.

»Ich soll dir ausrichten, dass du das Büro verlassen musst.«

»Das hätte ich gern schriftlich«, erwidere ich so würdevoll wie möglich. Diesen Fehler habe ich einmal begangen, als ich Meryls Worten vertraut habe und nicht darauf bestanden habe, mir die Handlungsvollmacht schriftlich bestätigen zu lassen. Ein zweites Mal passiert mir das nicht.

»Es reicht doch, dass ich es dir sage.«

»Und das würdest du im Ernstfall bestätigen?«

Sie bleibt mir die Antwort schuldig und verlässt den Raum.

Eine halbe Stunde später habe ich es schwarz auf weiß. Ich bin vorläufig freigestellt.

»Unsere Rechtsabteilung prüft den Vorgang. Bis ein Ergebnis vorliegt, will ich dich hier nicht mehr sehen«, keift Meryl mich vor allen an.

Mit eingezogenem Kopf schnappe ich mir meine Handtasche und meinen Mantel, während sie mich mit ihrem Blick durchbohrt.

»Du bist eine große Enttäuschung für mich. Wie auch immer die Sache ausgeht, du wirst garantiert nicht meine Nachfolgerin.«

Das wäre das kleinste Übel.

BODENLOS

INGA

Seit einer Woche hänge ich in der Schwebe. Noch immer hat sich der Justiziar meines Arbeitgebers nicht bei mir gemeldet. Auch ich habe schon einen Anwalt konsultiert. Genau wie mein Rechtsbeistand hat Moritz mir ebenfalls geraten, abzuwarten und Geduld aufzubringen. »Marek wird sich schon bei dir melden, wenn er dazu bereit ist.«

Zweimal habe ich mit Irenes Handy bei Marek angerufen. Aber sobald ich das erste Wort gesagt habe, hat er sofort aufgelegt.

Wenn ich nicht bald mit jemandem über meine Sorgen und Ängste sprechen kann, laufe ich Gefahr, den Verstand zu verlieren. Ich rufe Valentine an. Meine Schwester darf wissen, wie beschissen es mir geht.

Aber nicht sie, sondern Arne meldet sich.

»Sie ist nicht da«, erklärt er kühl.

»Würdest du ihr bitte ausrichten, dass sie mich anrufen soll?«

»Sicher«, dann macht es klick. Ich kann meinen Schwager, der ohne Gruß aufgelegt hat, getrost *Arschloch* nennen, denn Mika kann mich nicht hören.

Er hat heute seinen Probetag in der Kita. In einer Stunde darf ich ihn abholen. Ob Marek eine Ahnung hat, wie ich mich gefühlt habe, als ich unseren Kleinen heute Vormittag bei fremden Leuten zurücklassen musste? Mein ohnehin fragiles Herz hat einen weiteren Riss bekommen.

»Du siehst furchtbar aus«, ruft Irene mir nachmittags zu, als ich die Beete im Vorgarten harke.

»Ich sehe so aus, wie ich mich fühle«, stimme ich ihrer Einschätzung zu.

»Wie ist es gelaufen?«, fragt sie. »Hat es Mika gefallen?«

Ich unterbreche die verhasste Gartenarbeit und lege meine Harke zur Seite. »Er meint, es wäre nett gewesen, aber das kaufe ich ihm nicht ab. Er saß ganz allein in der Ecke, als ich ihn abgeholt habe.«

»Und was haben die Erzieher gesagt?«

»Die meinten, das wäre völlig normal. Allerdings haben sie empfohlen, dass Mika nach den Ferien gleich in die Vorschule gehen soll.«

»Schon?«

Ich erinnere Irene daran, dass Mika in der nächsten Woche fünf wird.

Der noch Vierjährige öffnet die Haustür und brüllt: »Ich will Papi anrufen. Sofort!«

Irene nickt und zückt ihr Handy. Zusammen gehen wir ins Wohnzimmer. Durch die Lautsprecherfunktion kann ich hören, wie Mika mit seinem Vater spricht.

»Geht es dir gut, mein Großer?«, fragt Marek. Beim Klang seiner Stimme könnte ich sofort losheulen.

»Wann kommst du wieder nach Hause, Papi?«

Ja, das ist eine gute Frage.

»Wenn du Geburtstag hast, werde ich da sein. Das verspreche ich dir. Aber nun erzähl mal, wie hat es dir in der Kita gefallen?«

174

»Blöd! Die Frau hat gesagt, ich wäre viel zu alt und klug.«

»Was genau hat sie gesagt?«

»Ist doch egal, ich gehe da nicht wieder hin! Papi, kannst du nicht jetzt schon nach Hause kommen?«

»Spatz, ich bin gar nicht in Hamburg. Ich kann nicht sofort kommen.«

»Wo bist du denn?«

»Bei Brummer in London. Ich soll dich von ihm grüßen.«

»Willst du Mami noch mal sprechen?«

Marek verblüfft mich, denn er antwortet: »Ja, bitte.«

Mit zittrigen Händen nehme ich Mika das Telefon ab, stelle den Lautsprecher aus und bringe ein kurzes »Hey« heraus.

»Was hat das zu bedeuten? Haben die Erzieher Mika etwa *altklug* genannt?«

Ich schlucke, bevor ich erwidere, dass sie genau das geäußert haben. »Sie sind der Meinung, dass er viel zu lange unter Erwachsenen war und deshalb Defizite gegenüber Gleichaltrigen hat.«

»Unser Sohn soll Defizite haben? Die spinnen doch!«

»Sehe ich auch so. – Marek, ich möchte mit dir reden, dir erklären ...«

»Spar dir das! Ich hab schon davon gehört. Es tut mir leid, dass du deinen Job verlierst, aber du fällst ja weich. Dein Jan wird dich schon auffangen.«

Mein Herz zieht sich zusammen. »Du irrst dich!«

»Ja, ich habe mich wirklich in dir getäuscht. Bis dann, Inga.«

Gegen Abend fürchte ich, dass ich schnurstracks auf eine Depression zusteuere. Die Nachrichten tragen nicht dazu bei, dass ich mich besser fühle. Der heutige Aufmacher handelt vom BKA, das einen internationalen Kinderschänderring hochgenommen hat. Bei der nächsten Meldung geht es um den

Prozessbeginn einer Familientragödie. Eine Mutter hat ihre drei Kinder umgebracht.

Ich könnte kotzen! Was ist nur los in dieser Welt? Wie kann man Kindern so etwas antun?

Das, was ich mir seit Tagen verkniffen habe, muss jetzt sein. Mit der festen Absicht, mich zu betrinken, hole ich eine Flasche Wein aus dem Keller.

Mika schläft selig in seinem Bett. Es geht ihm gut. Dennoch weiß ich, wie sehr er seinen Vater vermisst, und ich bin daran schuld.

Auf der Suche nach dem Korkenzieher öffne ich die Schublade, in der wir Krimskrams und Sachen aufbewahren, die wir selten benutzen. Mir fällt eine Karte ins Auge. Die Visitenkarte von Friedrich Adler, Seelsorge und Lebensberatung.

Ich ziehe den Korken heraus und nehme den ersten Schluck direkt aus der Flasche. Dann entscheide ich mich doch, ein Glas aus dem Schrank zu holen.

Während ich das erste Viertel Spätburgunder leere, starre ich unentwegt auf Friedrichs handschriftliche Notiz.

Rufen Sie mich an, wenn Sie unsere
Unterhaltung fortsetzen wollen.

Ja, ich will und wähle seine Nummer. Schon nach dem zweiten Klingeln geht er ran.

»Hier spricht Inga. Ich bin Valentines Schwester. Erinnern Sie sich an mich?«

Er lacht. »Wie könnte ich Sie vergessen?«

»Steht Ihr Angebot noch? Würden Sie mir zuhören? Sie sind doch Seelsorger. Ihnen kann ich mich doch anvertrauen, oder? Wenn nicht, dann sagen Sie es gleich. Ach, vergessen Sie es. Es war eine dumme Idee, Sie anzurufen.«

»Ich bin für Sie da, Inga. Erzählen Sie mir, was Sie bedrückt. Ich höre Ihnen zu.«

Tränen treten mir in die Augen, während ich mich kraftlos gegen die Küchenanrichte lehne. »Mir wird gerade alles zu viel. Ich glaube, ich drehe gleich durch.«

»Haben Sie getrunken, Inga?«

»Erst ein Glas Rotwein.«

»Okay, dann holen Sie bitte dreimal ganz tief Luft. Ich zähle mit. Eins – zwei und drei. Prima. Und nun machen Sie es sich bequem, damit wir unsere Unterhaltung entspannt fortsetzen können. Sind Sie bereit?«

Folgsam stelle ich das Glas beiseite und lege mich aufs Sofa. »Bereit.«

»Was ist passiert?«, fragt Friedrich mit sanfter Stimme.

Ich schlucke schwer. »Marek hat mich verlassen.«

»Er hat *Sie* verlassen?«

»Weil ich alles kaputt gemacht habe«, wimmere ich. »Und wofür? Für ein bisschen Aufmerksamkeit und ein paar Komplimente, die vermutlich noch nicht einmal ernst gemeint waren.«

»Der Rosenkavalier hat es nicht ernst gemeint?«

»Er hatte gar kein Interesse an mir. Es ging ihm nur um seinen beruflichen Erfolg. – Übrigens, mein Wunsch nach Unabhängigkeit war auch ein Schuss in den Ofen.«

»Inwiefern?«

»Die Kollegen, mit denen ich nach Feierabend ausgehen und feiern wollte, sprechen seit Wochen kaum ein Wort mit mir. Ha! Und diese blöden Schnepfen habe ich um ihre Freiheit beneidet. Mittlerweile finde ich sie nur noch bemitleidenswert. Sie werfen sich auf der Suche nach der großen Liebe wildfremden Männern an den Hals. Dabei haben die es nur auf ein loses Abenteuer abgesehen. Und Svenja ist die Schlimmste. Sie bildet sich ein, mit Mareks Freund einen großen Fang gemacht zu haben. Doch auch er wird sie genau wie seine Vorgänger schon bald in den Wind schießen! Recht so! Das hat diese Kröte verdient.«

»Warum so feindselig? Gibt es einen Grund, weshalb Sie so böse auf diese Svenja sind?«

»Ich habe mehr als einen Grund, stinksauer auf sie zu sein. Nicht nur, dass sie privat gegen mich intrigiert, sie ist auch die treibende Kraft, was das Mobbing betrifft. Sollte sie vor Gericht behaupten, dass ich gar nicht zeichnungsberechtigt war, als ich in Düsseldorf bei den Ordertagen unsere Chefeinkäuferin vertreten habe, könnte es passieren, dass ich in Regress genommen werde. Im schlimmsten Fall werde ich unser Haus verlieren.«

Friedrich kann mir nicht folgen und bittet mich, deutlicher zu werden. Ich berichte ihm in allen Einzelheiten, was geschehen ist.

Mittlerweile hört er mir schon eine geschlagene Stunde geduldig zu. Ich erwarte, dass er mich bedauert oder mir tröstende Worte zuspricht, aber er schweigt.

»Wie konnte ich nur so blind sein?«, jammere ich.

»Sehen Sie denn jetzt klarer?«

»Glasklar! Seit Marek weg ist, ist mir erst bewusst geworden, was für ein wunderbarer Mann er ist. Er ist fürsorglich, zuverlässig, selbstlos und rücksichtsvoll. Warum habe ich das nicht früher erkannt?«

»Diese Frage bringt Sie nicht voran. Fragen Sie sich lieber, wie es weitergehen soll.«

»Ich dachte, das würden Sie mir sagen!«

»Das ist nicht meine Aufgabe, Inga. Ich höre Ihnen nur zu.«

»Was sind Sie bloß für ein lausiger Seelsorger!«, schimpfe ich. »Warum schütte ich Ihnen mein Herz aus, wenn Sie doch keine Antworten für mich haben?«

Friedrich lacht. »Sie kennen die Antworten doch längst. Sie müssen Ihre Erkenntnisse nur noch in die Tat umsetzen.«

Ich schnaube. »Wie soll ich das anstellen? Marek will mich nicht anhören.«

»Warum lassen Sie ihm nicht die Zeit, über Ihrer beider Beziehung nachzudenken? Sie haben Wochen gebraucht, um zu erkennen, was Sie wollen.«

Friedrich hat recht. »Aber was ist, wenn Marek zu dem Schluss kommt, dass er mich gar nicht mehr will? Ich bin nämlich kein einfacher Mensch, müssen Sie wissen. Auch ich habe meine Macken.«

Wieder lacht Friedrich. »Zeigen Sie mir einen Menschen, der keine hat, und ich zahle Ihnen hundert Euro Finderlohn.«

Nun muss auch ich schmunzeln. »Danke für Ihr Ohr. Es hat gut getan, mit Ihnen zu sprechen. Sie haben mir sehr geholfen.«

Barber Shop London

Marek

Claudius ist mal wieder außer sich. Dieses Mal geht es ihm nicht um seine angeblich so unfähigen Mitarbeiter, er ist wütend auf Moritz.

»Hat Mister Architekt tatsächlich geglaubt, ich würde ihm das Penthouse für sechshundert Euro Kaltmiete überlassen? Ich bin schwul, aber nicht blöd.«

Ich verhalte mich diplomatisch und ergreife keine Partei. »Das hättet ihr besser klären sollen, bevor er seine Wohnung gekündigt hat.«

»Er hat einen gewaltigen Knall, seit er die Dicke vögelt. Überhaupt finde ich, dass er dir mit den Fotos einen Bärendienst erwiesen hat. Statt Öl ins Feuer zu gießen, hätte er sich besser rausgehalten.«

Ich stöhne laut auf. »Wenigstens weiß ich nun Bescheid. Sie und dieser Schnösel werden heiraten.«

Claudius macht ein betretenes Gesicht. »Ich kann es gar nicht sehen, wie du leidest. Komm mit! Ich bringe dich auf andere Gedanken. Wir fahren in meinen Barber Shop und du lässt dich mal richtig verwöhnen.«

Bevor wir seine Wohnung im noblen Stadtteil Mayfair verlassen, drückt er mir einen dicken Aktenordner in die Hand.

Darin befinden sich alle relevanten Projektdaten, die ich benötige, um seine neue Filiale zu realisieren.

Die größte Herausforderung, vor der ich stehe, ist das Auffinden von original Frisierstühlen aus den Fünfzigern. Dafür ist Claudius bereit, jeden Preis zu zahlen.

Wir schlendern durch die Bond Street, vorbei an exklusiven Boutiquen, die Ingas Herz höherschlagen lassen würden.

Komplett von den Socken betrete ich Claudius' legendären Barber Shop. Er ist noch viel schöner als auf den Bildern, die ich im Netz gefunden habe.

Ein herber Duft nach Leder, Holz und Tabak kriecht in meine Nase.

Claudius bittet mich, an der Bar Platz zu nehmen, wo die edelsten Whiskys ausgeschenkt werden. Von hier habe ich freien Blick auf den hinteren Bereich, in dem sich die Raucherlounge befindet. Auf dick gepolsterten Ledersesseln haben es sich Männer jeden Alters bequem gemacht und schauen auf einer wandbreiten Kinoleinwand Sportübertragungen an, während sie dabei genüsslich eine Zigarre oder Pfeife paffen.

»Das hier ist ein wahrer Männertraum«, lobe ich Claudius.

»Warte, bis Steve dir eine Kopfmassage verpasst, dann wirst du glauben, du seist im Himmel. – Wo steckt er überhaupt? – Wieso bezahle ich einen Geschäftsführer, wenn er zur Hauptgeschäftszeit nicht anwesend ist?«

Während Claudius sich auf die Suche nach Steve macht, frage ich den Barmann, ob es zu den Aufgaben eines Geschäftsführers gehöre, Kunden den Kopf zu massieren.

Der junge Bartträger grinst. »Steve kümmert sich um alles.« Dann unterzieht er mich einer eingehenden Musterung. »So, wie du aussiehst, wird er dich gern unter seine Fittiche nehmen.«

Belustigt schüttle ich den Kopf. »Das wäre vergebene Liebesmüh. Ich bin nicht schwul!«

Der Typ lacht. »Steve auch nicht. Aber er hätte es drauf, aus dem Sauerkraut in deinem Gesicht einen gepflegten Bart zu machen. Er ist der Beste seines Fachs. Du solltest dich ihm anvertrauen, denn, unter uns, du hast es bitter nötig.«

Mir fällt auf, dass ausschließlich Männer im Barber Shop tätig sind. »Hat das einen Grund?«, frage ich den Barmann.

»Das ist Claudius' Philosophie. Er wollte einen Platz schaffen, der nur uns Jungs vorbehalten ist. Sozusagen die letzte Männerbastion. Dabei ist egal, welche Vorlieben sie haben. Hier sind Schwule genauso gern gesehen wie Heteros.«

Ich finde, dass er sich den letzten Satz getrost hätte sparen können. »Eins steht jedenfalls fest: Mein bester Freund hat hier ganze Arbeit geleistet.«

Plötzlich spüre ich eine Hand auf meinem Rücken. Claudius hat sich angeschlichen. »Ich bin dein bester Freund? Mensch, Marek, du machst mich zum glücklichsten Menschen der Welt.«

Die Tür öffnet sich und ein Mittdreißiger betritt den Shop. Der Typ ist so attraktiv, dass selbst ich meinen Blick nicht abwenden kann.

»Schön, dass du dich auch mal blicken lässt«, motzt Claudius ihn an. Die beiden begrüßen sich mit einer kurzen Umarmung. »Darf ich vorstellen? Das ist Steve.«

Ich hopse vom Barhocker und reiche ihm die Hand. »Marek. Freut mich, dich kennenzulernen.«

Nachdem wir uns bekannt gemacht haben, fummelt Claudius an Steves Kragen herum. »Neues Hemd?« Er nickt. »Armani?«

»Falsch«, kontert Steve und öffnet sein Sakko.

»Johannsen, darauf hätte ich als Zweites getippt«, erklärt mein *bester* Freund.

Mir gefriert gerade das Blut. »Du kennst ihn?«

»Sogar persönlich. Jan besucht uns immer, wenn er in London zu tun hat. Warum fragst du?«

»Na, weil er der Typ ist, der Inga zum Altar führt.«

Claudius reißt die Augen auf. »Deine Inga und Jan Johannsen? Ich lach mich schlapp.«

Ich finde es gar nicht witzig und will wissen, was daran so komisch ist, dass sowohl Claudius als auch Steve gemeinsam einen Lachflash bekommen.

»Jan Johannsen steht gewiss nicht auf Frauen«, kichert Claudius.

»Er muss es wissen«, fügt Steve grinsend an und zeigt auf seinen Boss.

»Aber was hat dann dieses Hochzeitsbild zu bedeuten?«, frage ich und ziehe mein Handy aus der Tasche, um ihnen das Foto zu zeigen, das Moritz mir auf ausdrücklichen Wunsch geschickt hat.

Claudius kann sich noch immer nicht einkriegen. »Also, wenn Jan das Kleid getragen hätte, dann würde das Sinn machen. Du solltest Inga fragen, warum sie sich haben ablichten lassen. Sie wird es dir sicherlich erklären können.«

Ob sie weiß, in wen sie sich verguckt hat? Um das herauszufinden, muss ich schnellstens zurück nach Hamburg. »Ich reise heute noch ab.«

»Aber nicht so, Catweazle! Mit den Haaren schaffst du es noch nicht mal durch die Sicherheitskontrolle.« Claudius gibt Steve den Auftrag, wieder einen Menschen aus mir zu machen.

Ich warte am Flughafen Heathrow auf das Boarding, als mein Handy klingelt. Nanu, Valentine? Sie ruft mich sonst nie an.

»Marek, ich muss dringend mir dir sprechen.«

»Leg los«, fordere ich sie auf.

»Nicht am Telefon. Können wir uns treffen? Es ist wirklich wichtig. Es geht um mein Elternhaus.«

»Ich dachte, wir hätten längst geklärt, dass es Ingas und mein Haus ist.«

»Nenn es, wie du willst. Wenn dir daran liegt, dass es so bleibt, dann komm noch heute zu mir an die Ostsee.«

»Heute? Ich lande erst in zwei Stunden in Hamburg. Außerdem hat Inga den Wagen. Ich fürchte, das klappt nicht.«

»Ich sorge dafür, dass du abgeholt wirst«, verspricht sie und schiebt ein flehendes »Bitte« hinterher.

Ich seufze. Meine Aussprache mit Inga wird wohl warten müssen.

HILFERUF

INGA

Obwohl Mika der Kita nichts abgewinnen kann, gibt er ihr eine zweite Chance. Tapfer marschiert er in die Pinguin-Gruppe, während ich im Flur verharre und ihn aus einiger Entfernung beobachte.

Die Leiterin der Tagesstätte kommt auf mich zu. »Das wird schon«, versichert sie mir mit einem freundlichen Lächeln. »Er ist hier in guten Händen. Sie müssen sich keine Gedanken machen.«

Ich habe verstanden. Sie möchte, dass ich gehe. Schweren Herzens verlasse ich das Gebäude.

Noch bevor ich meinen Wagen erreiche, klingelt mein Handy. Seit meiner Suspendierung schrecke ich bei jedem Anruf zusammen. Ständig rechne ich damit, dass mir der Firmenanwalt kündigt und mir mit einer Schadensersatzklage droht.

Auch jetzt rast mein Herz, zumal ich die angezeigte Nummer nicht kenne.

»Ja, bitte.«

»Inga, hier ist Valentine.«

Mir fällt ein Stein vom Herzen. »Nett, dass du endlich zurückrufst.«

185

»Du hast auf meinen Anruf gewartet?«

»Schon seit Tagen. Hat Arne es dir denn nicht ausgerichtet?«

Sie stöhnt laut auf. »Nein, das hat er nicht. Künftig kannst du mich unter dieser Nummer erreichen. Ich habe mir ein neues Handy zugelegt. Hast du Zeit?«

»Klar. Wir können bis mittags quatschen. Bis dahin ist Mika in der Kita. Er fühlt sich dort gar nicht wohl und ich leide mit ihm. Dein Anruf kommt gerade recht. Ich bin dankbar für jede Ablenkung.«

»Ich muss es kurz machen, denn ich habe wenig Zeit. Die Kinder und ich sind dabei, unsere Sachen zu packen. Könntest du kommen und uns abholen?«

»Was ist mit deinem Wagen?«

»Den hat Arne einkassiert. Genau wie mein Handy.«

»Bitte?«

Valentine macht es spannend. »Ich habe ihn um die Scheidung gebeten.«

Für einen Moment bin ich sprachlos. »Wann hast du dich dazu entschlossen?«, frage ich.

»Schon an dem Tag, als du abgereist bist. Gesagt habe ich es Arne am letzten Wochenende. Seither lebe ich im Krieg. Ich will hier nur noch weg.«

Unschlüssig werfe ich einen Blick zur Kita. Ich will mich nicht zu weit entfernen, für den Fall, dass die Erzieher meine Unterstützung brauchen. Andererseits habe ich meine Schwester noch nie so aufgelöst erlebt. Also entscheide ich mich für einen Kompromiss. »Selbstverständlich komme ich und hole euch ab. Aber ich kann erst gegen Mittag losfahren.«

Valentine reicht das. »Danke, Schwesterchen, ich wusste, dass ich mich auf dich verlassen kann.«

DER CHAUFFEUR

MAREK

In der Ankunftshalle steht ein sonnengebräunter Mann. Er hält ein Schild mit meinem Namen in die Höhe. Als ich ihn erkenne, möchte ich am liebsten vor Scham im Boden versinken. Es ist der Kerl vom Bootssteg, den ich für Ingas Lover gehalten habe. Mit gesenktem Kopf folge ich ihm zu seinem Pick-up. Er besitzt den Anstand und spricht mich nicht auf meinen peinlichen Auftritt an. Aber so zu tun, als wären wir uns noch nie begegnet, kommt mir auch albern vor.

Als er losfährt, breche ich das Schweigen. »An jenem Tag habe ich mich unmöglich benommen. Mir ist eine Sicherung durchgebrannt, als ich Sie mit Inga zusammen gesehen habe. Es tut mir leid. Ich hoffe, Sie nehmen meine Entschuldigung an.«

Er nickt nur und achtet stur geradeaus blickend auf den Verkehr. »Neigen Sie öfter zu Wutausbrüchen?«

Was für eine Frage! »Ganz gewiss nicht. Das ist sonst ganz und gar nicht meine Art.«

Nun dreht er seinen Kopf für einen kurzen Moment zur Seite und mustert mich. »Warum sind Sie denn so in die Luft gegangen?«

»Na, weil ich dachte, dass Sie der Typ sind, der mir meine Frau ausspannt.«

»Und das denken Sie jetzt nicht mehr?«

Ich schüttle grinsend den Kopf. »Mittlerweile weiß ich, wer der Lump ist.«

Er beäugt mich im Seitenwinkel. »Und das erheitert Sie?«

»Ich würde es nicht Erheiterung, sondern eher Erleichterung nennen. Dieser Typ konnte mir nie gefährlich werden, denn er steht nicht auf Frauen. Ergo hat Inga mich gar nicht betrogen, wie ich ihr unterstellt habe. Das Ganze hat sich nur in meinem Kopf abgespielt.«

»So einfach ist das für Sie? Die Gewissheit, dass Inga keine sexuelle Beziehung zu diesem Mann hatte, reicht Ihnen?«

Ich entdecke seine Visitenkarten im Ablagefach. Weil ich mich nicht mehr an seinen Namen erinnern kann, werfe ich einen kurzen Blick auf das Gedruckte. »Sie stellen viele Fragen, Herr Adler.«

»Friedrich reicht völlig.«

»Also gut, Friedrich. Um auf deine Frage zu antworten: Ja, ich bin sogar sehr froh darüber, dass die beiden keine Bettgeschichte haben.«

»Und dennoch hat Inga dich um Abstand gebeten. Hast du dich mal gefragt, warum?«

So langsam wird mir das Gespräch zu persönlich. Ich blicke rechts aus dem Seitenfenster, um ihm zu demonstrieren, dass ich nicht weiter über mein Privatleben sprechen möchte.

Aber er ist hartnäckig und bohrt weiter. »Was glaubst du? Was hat Inga bei Jan gesucht, was sie bei dir nicht gefunden hat?«

Als ob ich mir diese Frage nicht schon hundertmal gestellt hätte. Moment mal! »Woher kennst du seinen Namen?«

Friedrich fühlt sich ertappt. Stotternd will er sich aus der Affäre ziehen. »Habe ich einen Namen genannt?«

»Was weißt du, was ich nicht weiß?«

Obwohl er schweigt, dämmert es mir langsam. »Sie hat dich konsultiert, stimmt's? Was hat sie dir gesagt?«

Er schüttelt den Kopf. »Wenn du wissen willst, was sie bewegt, dann frag sie selbst. In spätestens einer Stunde wirst du dazu Gelegenheit haben.«

»Inga ist an der Ostsee?« Jetzt kapiere ich. »Deshalb hat Valentine mich hergelockt. Warum hat sie das nicht gleich gesagt, statt mir irgendwas von unserem Haus vorzugaukeln?«

»Valentine hat nicht gesponnen. Es geht tatsächlich irgendwie um euer Haus. Sie hofft, dass sie und die Kinder für eine Weile bei euch unterkriechen können, bis ihr cholerischer Ehemann sich beruhigt hat und sie vernünftig miteinander reden können.«

Verwundert starre ich Friedrich an. »Arne und vernünftig? Das schließt sich doch wohl aus.«

Er nickt bedächtig. »Zu dieser Einsicht ist Valentine auch endlich gekommen. Sie wird sich wohl von ihm scheiden lassen.«

Mehr als ein verwundertes »Aha« bringe ich nicht heraus.

ARRANGIERT

INGA

Mit zwei Müttern, die wie ich ihre Knirpse abholen wollen, betrete ich um Punkt zwölf die Kita. Suchend schaue ich mich nach meinem Sohn um. In der Ecke, wo er beim ersten Mal traurig kauerte, spielen heute zwei Mädchen.

»Mika ist draußen«, ruft mir die Erzieherin zu und deutet auf die offene Tür.

Ich gehe hinaus zum Spielplatz und höre aus lautem Kinderlachen die Stimme meines Sohnes heraus. Ich finde ihn am Klettergerüst. Mit geröteten Wangen stürmt er in Begleitung eines Jungen auf mich zu. Seine Augen leuchten vor Begeisterung.

»Das ist Paul«, erklärt er anstelle einer Begrüßung. »Er ist mein Freund. Können wir noch weiterspielen?«

Obwohl ich mich freue, dass Mika Anschluss gefunden hat, muss ich ihn enttäuschen. »Nicht heute, Spatz. Valentine wartet auf uns.«

»Darf Paul mitkommen?«

Ich gehe vor den beiden in die Hocke. »Wir können deinen Freund nicht einfach mitnehmen, aber du kannst Paul gern zu deinem Geburtstag einladen.«

Mein Vorschlag löst nur wenig Begeisterung aus. Die beiden verabschieden sich schweren Herzens.

Bevor ich mit meinem kleinen Schmutzfinken zur Ostsee aufbreche, fahren wir noch einmal nach Hause. Ich ziehe ihm frische Sachen an und esse mit ihm ein Nudelgericht, das ich für uns zu Mittag vorbereitet habe.

Gewöhnlich schläft Mika beim Autofahren schon nach wenigen Minuten ein. Heute nicht. Er plappert ohne Punkt und Komma auf mich ein und ich höre aufmerksam zu.

Ich erfahre, dass Paul noch zwei Brüder hat, aber noch nicht schwimmen kann, dass sie zusammen Fußball gespielt und mit Lego gebaut haben, dass sie beide keine Käsebrote mögen und vieles mehr.

Über die Flut an Informationen kann ich mir ein breites Grinsen nicht verkneifen. Von wegen Defizite! Mein Sohn ist ein aufgeweckter Junge, der immer von Freunden umgeben sein wird. Ich lasse mir nichts anderes einreden.

Mit den Worten: »Da seid ihr ja schon«, begrüßt uns meine Schwester und fällt mir in die Arme. »Ich habe erst viel später mit euch gerechnet.«

Sie bittet mich, ihr in die Küche zu folgen. Ich bahne mir den Weg durch Koffer und Umzugskartons. Damit hat sich die Frage, ob es ihr wirklich ernst sei, wohl erledigt. Stattdessen frage ich, was es mit den Kisten auf sich hat. »Was hast du damit vor?«

»Darin befinden sich meine persönlichen Sachen. Ich will nicht, dass sie Arnes Jähzorn zum Opfer fallen. Deshalb bringt Friedrich sie später nach Rostock in seine Wohnung.«

»Er ist wirklich ein Netter«, lobe ich ihn, als Valentine mir einen Becher Kaffee reicht. »Und ein wunderbarer Zuhörer.«

Meine Schwester nickt versonnen. »Ich weiß. Er hat mir von eurem Gespräch berichtet.«

»So? Ich dachte, ein Seelsorger wäre zur Verschwiegenheit verpflichtet.«

Valentine lacht vergnügt auf. »Friedrich ist doch gar kein Seelsorger. Er ist Tischler.«

»Wieso hat er Visitenkarten, auf denen er sich als solcher ausgibt?«, frage ich irritiert.

Meine Schwester kichert. »Die habe ich für ihn drucken lassen, weil er mir stets geduldig zugehört hat. Nur ihm habe ich es zu verdanken, dass ich endlich den Mut und die Kraft aufbringe, Arne zu zeigen, dass ich mich nicht länger so behandeln lasse.«

Ich stelle den Kaffeebecher ab und nehme meine Schwester in den Arm. »Ich kann dich gut verstehen. Arnes Verhalten ist absolut inakzeptabel.«

Valentine nickt. »Ich habe viel zu lange darauf gehofft, dass er sich ändert. Aber das wird nie passieren. Unsere Ehe ist nicht mehr zu retten. Für dich und Marek ist es aber noch nicht zu spät. Friedrich ist auch der Meinung, dass es für euer vergleichsweise kleines Problemchen eine ganz einfache Lösung gäbe. Ihr müsst euch nur mal in Ruhe aussprechen.«

»Das würde ich ja gern, aber er geht mir kategorisch aus dem Weg.«

Meine Schwester wechselt das Thema und deutet mit ausgestrecktem Arm auf Muriels Ranzen. »Wir müssen unbedingt zurück nach Hamburg, denn die Kinder müssen ab morgen wieder in die Schule. Können wir vorübergehend bei dir bleiben, bis ich alles geregelt habe?«

»Sicher könnt ihr das. Noch gehört mir das Haus.«

Valentine teilt meine Befürchtung nicht. »Das ist kompletter Unsinn, Inga! Dein Boss kann dir gar nichts. Sollte er tatsächlich behaupten, dass du eigenmächtig gehandelt hättest, müsste er alle Aufträge stornieren, die du unterzeichnet hast. Das kann er sich doch gar nicht leisten.«

Valentines Erklärung ergibt Sinn. Trotzdem. »Ich bin noch immer suspendiert.«

»Aber du bekommst dein Gehalt weiter. Also hör auf, dich verrückt zu machen.«

Ich staune über meine resolute Schwester. Während ich mir seit Tagen den Kopf zermartere, sieht sie keinen Grund zur Sorge. Gerade erkläre ich ihr, wie gut es tut, mit ihr zu reden, als ihr Handy klingelt.

Ich ahne schon, mit wem sie spricht.

»Ach, wie ärgerlich, Friedrich. Vielleicht könnte Inga dir helfen? Ja, sie ist schon da.« Dann schaut sie mich an. »Sein Pick-up springt nicht an. Die Batterie ist leer. Würdest du ihn vom Bootshaus abholen?«

Ich stimme zu und nehme meinen Autoschlüssel in die Hand. »Frag ihn, ob er ein Überbrückungskabel hat. Dann kriegen wir die Kiste ruckzuck wieder zum Laufen.«

»Hat er«, erwidert Valentine und schlägt vor, dass ich Mika bei ihr lassen soll.

Zehn Minuten später fahre ich bei ihm vor. Ich hupe und schaue erwartungsvoll zum Bootshaus, aber er lässt sich nicht blicken.

Notgedrungen steige ich aus dem Wagen und laufe den Steg entlang. Gerade will ich die Klinke herunterdrücken, als sich die Tür öffnet.

Ich habe das Gefühl zu fantasieren, denn nicht Friedrich, sondern Marek steht vor mir und schaut mich vielsagend an.

»Was machst du hier?«, stottere ich. »Ich dachte, du wärst in London.«

»War ich auch. Friedrich hat mich vom Flughafen abgeholt und hergefahren.«

Er spricht von Friedrich? Woher kennt Marek seinen Namen? Ich schaue mich suchend nach ihm um. »Wo steckt er denn? Ich bin gekommen, um ihm mit dem Pick-up zu helfen.«

Marek schüttelt grinsend den Kopf. »Mit seinem Wagen ist alles in Ordnung. Er und Valentine haben dieses Treffen arrangiert, weil sie meinen, dass wir uns aussprechen sollten.«

Obwohl ich bekanntlich nicht auf den Mund gefallen bin, weiß ich gerade nicht, was ich sagen soll. *Bitte, verzeih mir. Ich habe mich total verrannt*, liegt mir auf der Zunge, aber ich bringe die Worte nicht heraus. Stattdessen spreche ich über unseren Sohn.

»Mika ist bei Valentine. Er wird vor Freude ausflippen, wenn er erfährt, dass du hier bist. Du hast ihm so gefehlt.«

Marek nickt nur. Sekunden später deutet er in das Häuschen. »Wir dürfen uns hier bedienen. Magst du was trinken?«

Ich verneine, obwohl mein Mund staubtrocken ist. Dann nehme ich meinen ganzen Mut zusammen und wispere: »Mir hast du auch gefehlt.«

»Wie bitte?«, fragt er nach, obwohl ich sicher bin, dass er mich genau verstanden hat.

»Ich habe dich vermisst«, erkläre ich nun lauter.

Ein kurzes Lächeln huscht über sein Gesicht, bevor er sich abwendet und ins Haus geht.

Ich folge ihm und mustere ihn eingehend. Es ist, als würden Scheuklappen von meinen Augen fallen, denn plötzlich erkenne ich in ihm einen äußerst attraktiven Mann, den ich niemals hätte vor den Kopf stoßen dürfen. Vorsichtig wage ich mich weiter vor. »Dein Bart gefällt mir. Er steht dir. Damit wirkst du so ...« Ich suche nach dem richtigen Wort. Aber mehr als *maskulin* fällt mir nicht ein.

»So? Es ist noch gar nicht lange her, da hast du ihn grässlich gefunden.«

Sein Ton klingt deutlich sanfter als bei unserem letzten Telefonat. Mutig gehe ich zwei Schritte auf ihn zu und traue mich, über seine Wange zu streichen. »Kratzt der beim Küssen?«

Er geht nicht auf Abstand, sondern kommt sogar einen Schritt auf mich zu. »Lass es doch auf einen Versuch ankommen«, schlägt er vor und neigt seinen Kopf zu mir herunter.

Das Gefühl, als sich unsere Lippen berühren, ist einfach magisch. Ich will mich gar nicht wieder von ihm lösen, doch Marek weicht zurück, öffnet den Kühlschrank und nimmt eine Flasche Pils heraus.

Lässig lehnt er an der Wand und betrachtet mich stumm. Ich weiß, worauf er wartet. Zu Recht! Meine Entschuldigung ist überfällig.

»Es tut mir so leid. Ich weiß auch nicht, was mit mir los war. Unseren Urlaub zu stornieren und dich um Abstand zu bitten, war ein riesengroßer Fehler, den ich zutiefst bereue. Ich bitte dich, Marek, komm wieder nach Hause.«

Er nimmt einen kräftigen Schluck aus der Pulle und stellt sie auf den Tisch. »Wieder für eine Woche?«

»Nein, für immer«, rufe ich. »Wir gehören doch zusammen.«

»Und was meint dein Jan dazu?«

»Ach, der kann mir gestohlen bleiben! Ich war so ein Rindvieh und habe nicht gemerkt, dass er sich nur mit mir angefreundet hat, um seine Kollektion loszuwerden. Ich schwöre dir, da lief nichts. Rein gar nichts. Wir haben uns noch nicht einmal geküsst.«

Marek hebt eine Braue und visiert mich skeptisch an. »Er war nicht an dir interessiert? Was für ein Idiot! Hat er denn keine Augen im Kopf?«

Nun stehe ich auf dem Schlauch. »Wie meinst du das?«

»Na, der muss ja wohl völlig blind sein, wenn er bei einer so tollen Frau, wie du es bist, nicht zugreift.«

»Ich bin toll?«

Marek greift nach meiner Hand und zieht mich dicht an sich. »Und ob du das bist«, haucht er in mein Ohr. »Ich hätte es dir viel öfter sagen und zeigen müssen, dann wäre uns diese schmerzliche Erfahrung erspart geblieben.«

In seinen Armen fällt plötzlich die ganze Last der letzten Wochen von mir ab.

»Ich liebe dich, Marek. Wie sehr, wurde mir erst bewusst, als du fort warst.«

Noch während ich seine Nähe genieße, hören wir Motorengeräusche. Ich werfe einen Blick durchs Fenster. Jemand hat unseren Wagen gestartet und rauscht mit quietschenden Reifen davon.

»Das gibt es doch nicht! Wer ist so dreist und klaut unseren Wagen direkt vor unserer Nase?«, schreie ich aufgebracht.

Marek lacht. »Nicht geklaut, Inga. Ich habe Friedrich meinen Schlüssel gegeben, damit er Valentine und die Kinder zu uns nach Hause fahren kann. Morgen bringt er den Wagen zurück.«

»Erst morgen?«, frage ich ungläubig nach.

Mit fester Stimme antwortet er. »Diese Nacht werden wir hier verbringen. Dann kannst du mir in aller Ruhe erzählen, was dir in unserer Beziehung gefehlt hat. Statt dich einem Seelsorger anzuvertrauen, hättest du besser mit mir gesprochen.«

Um ihm das zu erklären, brauche ich keine ganze Nacht. »*Du* hast mir gefehlt! Die Rolle als Vater und Hausmann hat dich völlig ausgefüllt. Von mir hast du gar keine Notiz mehr genommen.«

Marek verzieht schuldbewusst das Gesicht. »So hast du das empfunden?«

»Wir beide waren nur noch Eltern und haben funktioniert. Vor lauter Pflichtbewusstsein ist uns die Freude an unserer Beziehung völlig abhandengekommen. Als Paar fanden wir doch gar nicht mehr statt.«

Beschämt schaut er mich an. »Wie kann ich das wiedergutmachen?«

Aufreizend schmiege ich mich an ihn. Mein Herz rast. »Also, ich wüsste schon wie«, raune ich und schaue ihm tief in die Augen.

Marek versteht sofort, was ich meine. Er zögert keine Sekunde und verwöhnt mich auf eine Art, die ich mir in den kühnsten Träumen nicht ausmalen konnte.

BELAGERUNG

MAREK

Nach einer unvergesslichen Nacht sind Inga und ich wieder in Hamburg eingetroffen. Während unserer kurzen Abwesenheit haben Valentine und ihre Kinder unser Haus okkupiert. Die Vorsätze, uns künftig mehr Zweisamkeit zu gönnen, machen die drei komplett zunichte. Der Einzige, dem der Trubel nichts ausmacht, ist Mika. Er freut sich wie Bolle auf seinen Geburtstag, den er nicht nur mit seinem Cousin und seiner Cousine feiern will. Auch sein Kindergartenfreund Paul soll kommen. Ob Moritz und Brummer mitfeiern würden, hat er mich beim Frühstück gefragt.

»Ruf sie an und lade sie ein«, habe ich ihm empfohlen. »Aber sollten sie nicht kommen können, weil sie arbeiten müssen, darfst du nicht enttäuscht sein.«

Inga, die mit ihrer Schwester in der Küche steht und Kuchen für die anstehende Feier backt, verzieht das Gesicht. »Dein Freund Moritz ist herzlich willkommen, aber sollte er die Schlange mitbringen, kann ich für nichts garantieren.«

Ich stelle mich dicht hinter meine Süße und schlinge die Arme um ihre Hüften. »Warum machst du dem Ganzen kein Ende? Kündige doch, bevor sie dir zuvorkommen. Claudius

198

zahlt mir ein gutes Gehalt. Wir sind auf die Kröten dieser Falschspieler nicht mehr angewiesen.«

»Aber die Arbeit hat mir Spaß gemacht.«

»Eben! Sie *hat* dir Spaß gemacht.«

Es ist nicht zu übersehen, wie sehr Inga ihre berufliche Situation zu schaffen macht. Um sie aufzumuntern, schlage ich vor, dass wir es abends gewaltig krachen lassen könnten. »Lass uns schick ausgehen und Spaß haben. Valentine wird Mika bestimmt gern ins Bett bringen.«

Ich bin auf ihren Widerspruch gefasst, doch ich täusche mich, denn Inga ist hellauf begeistert.

»Ja, Schatz. Das ist eine tolle Idee.«

Muriel simuliert derweil einen Brechreiz. »Oh nee, die knutschen schon wieder. Ich könnte spucken. Marek ist so was von eklig!«

Inga dreht sich um und schaut sie streng an. »Dein Onkel ist nicht eklig! Also achte auf deine Ausdrucksweise!«

Trotzig verzieht die Kleine das Gesicht. »Marek ist nicht mein Onkel. Das wäre er erst, wenn er dich heiraten würde. Aber das traut sich dieser Feigling ja nicht, sagt Mama«, kontert sie und wird sofort von ihrer Mutter in die Schranken gewiesen.

Während Valentine ihrer Erstgeborenen mit hochrotem Kopf eine Lektion in Sachen Benehmen erteilt, fällt bei mir der Groschen. Die vorlaute Göre hat mir mit ihrer Bemerkung einen genialen Einfall beschert. »Ich muss noch mal los«, erkläre ich und lasse die Bäckerinnen allein.

Ich sehe es als Fügung an, dass die Versicherung unsere Reisekosten ausgerechnet heute erstattet hat. Mit der festen Absicht, das Geld in einen fetten Klunker zu investieren, fahre ich in die Innenstadt und suche den Juwelier auf, bei dem schon meine Eltern ihre Trauringe gekauft haben.

Erst Stunden später kehre ich zurück. Inga ist bereits im Bad und macht sich zurecht, als ich unbemerkt ins Schlafzimmer schleiche und einen dunklen Anzug aus dem Schrank nehme. Ich wähle den aus dem Kleidersack, den ich zuvor noch nicht einmal anprobiert habe.

Er passt wie angegossen, stelle ich vor dem großen Spiegel zufrieden fest.

»Wow«, platzt es aus Inga heraus, als sie nur in ein Handtuch gehüllt zu mir ins Zimmer kommt. »Du siehst sensationell aus.«

»Nachtblau steht mir«, erwidere ich schmunzelnd und drücke ihr einen Kuss auf den Mund.

Inga kichert. »Ja, mit *Nachtblau* hat es mit uns angefangen.« Dann schaut sie mich prüfend an. »Was hast du denn vor? Du hast dich doch nicht ohne Grund so in Schale geworfen.«

Ich verrate nichts. Nur so viel: »Wir gehen lecker essen und danach irgendwohin, wo Musik gespielt wird. Ich will nämlich mit dir tanzen.«

Meine Erklärung scheint Inga zu amüsieren, denn sie wirft sich lachend aufs Bett. »*Du* willst tanzen? Du bist ein absoluter Tanzlegastheniker. Warum willst du dir das antun?«

»Um dich glücklich zu machen.«

Ich nehme mir vor, diesen betörenden Blick, den sie mir zuwirft, für immer in mein Gehirn einzubrennen.

Sie steht auf. Dabei rutscht das Handtuch herunter. Splitternackt steht sie vor mir und legt ihren Kopf auf meine Brust. »Das tust du doch schon längst.«

Bevor mich meine Lust übermannt, bitte ich sie, sich rasch anzuziehen.

Vor meinen Augen streift sie sich halterlose Strümpfe über ihre langen Beine. Ob diese Frau eine Ahnung hat, wie sehr mich ihr bloßer Anblick verrückt macht? Woher soll sie das wissen, wenn ich es ihr nicht sage? »Inga, du bist unverschämt sexy«, flüstere ich ihr zu und entscheide mich, besser den Raum zu verlassen, bevor ich doch noch über sie herfalle.

Wenig später sind wir startklar. Valentine wünscht uns ganz viel Spaß. Ich bin mir so was von sicher, dass wir den haben werden.

Nicht in der Nähe, sondern in Moritz' Wohnort habe ich einen Tisch in einem gemütlichen Restaurant für uns reserviert.

»Warum bleiben wir nicht in der Stadt?«, wundert sich Inga, als sie bemerkt, dass ich auf die Autobahn fahre.

»Ich will dir noch meine künftige Wirkungsstätte zeigen. Sie liegt nur zwei Straßen von Moritz' Appartement entfernt, für das ich noch immer einen Schlüssel habe.«

Inga kapiert sofort. Strahlend sieht sie mich an. »Dort willst du mich später noch vernaschen, stimmt's?«

Ich grinse. »Worauf du dich verlassen kannst.«

Obwohl der leere Laden noch wenig Eindruck macht, zeigt Inga sich interessiert. Durch die Fensterscheibe erkläre ich ihr, wo die Frisierstühle und die Whiskybar hinkommen sollen.

»Die größte Herausforderung wird es sein, eine originalgetreue Ausstattung zu finden. Claudius hat ganz genaue Vorstellungen und ich will ihn nicht enttäuschen.«

Zuversichtlich schaut sie mich an. »Das schaffst du. Daran habe ich keinen Zweifel.«

Wir dinieren beim Italiener. Bei Kerzenlicht will ich der Liebe meines Lebens einen Antrag machen. Sobald der Wirt die CD einlegt, die ich ihm wie abgesprochen heimlich zugesteckt habe, werde ich vor ihr auf die Knie gehen und ihr die entscheidende Frage stellen.

Das ältere Paar am Nebentisch scheint meine Nervosität zu spüren, denn sie schauen wiederholt zu mir rüber und zwinkern mir aufmunternd zu.

Als Inga von ihnen Notiz nimmt, reißt sie die Augen weit auf. »Ach du Scheiße! Das ist mein Oberboss mit seiner Frau. Lass uns schnell zahlen und dann nichts wie weg hier.«

»Das geht nicht«, widerspreche ich angespannt. »Wir müssen unbedingt noch das Dessert abwarten.«

Hektisch putzt sie sich mit der Serviette den Mund ab. »Ich verzichte auf einen Nachtisch. Bitte ruf den Kellner.«

Just in diesem Moment wird Eros Ramazzotti von Ed Sheeran abgelöst. *Perfect* klingt aus den Lautsprechern. Damit ist der Zeitpunkt gekommen, auf den ich seit Stunden ungeduldig gewartet habe.

Allerdings ist Inga im Begriff, meinen romantischen Plan zunichtezumachen, denn sie erhebt sich vom Stuhl und winkt dem Ober zu. »Die Rechnung, bitte!«, ruft sie.

Nun bleibt mir nichts anderes übrig, als ebenfalls aufzustehen. Noch bevor sie sich einen Schritt fortbewegen kann, greife ich ihre Hände und blicke ihr tief in die Augen.

Warum muss sich ausgerechnet jetzt ein Kloß in meinem Hals bilden? Ich muss mich räuspern. »Bitte, bleib«, murmele ich und gehe erst in die Hocke, bevor ich mich auf den Boden herablasse.

»Sieh doch nur! Er macht ihr einen Antrag«, quietscht die Dame vom Nebentisch.

Nun scheint auch Inga zu begreifen, was ich beabsichtige. Fassungslos schaut sie auf mich herab. »Du willst mich tatsächlich fragen?«

Als ich lächelnd nicke, schlägt sie sich die Hände vors Gesicht. Ich weiß nicht, ob das ein gutes oder ein schlechtes Zeichen ist. Bevor mich der Mut ganz verlässt, lege ich los.

»Ich wäre so gern Muriels Onkel«, stottere ich, weil ich vor lauter Aufregung meine eigentliche Rede vergessen habe. Ich bete gen Himmel, dass Inga mir keine Abfuhr erteilt. »Bitte, sag Ja.«

»Nur weil du Muriels Onkel werden willst?«, fragt sie nach. Sie klingt erstaunt, doch ihre Mundwinkel zucken vor Belustigung.

»Natürlich nicht. Du warst und bist meine einzige Liebe und du wirst es immer sein. Ich habe nicht vor, dich jemals wieder gehen zu lassen. Deshalb bitte ich dich – werde meine Frau.« Erst jetzt öffne ich mit zittrigen Fingern die Schatulle und präsentiere den Ring.

»Was hat sie gesagt? Ich konnte es nicht verstehen«, fragt Ingas Chef seine Frau.

»Sie wird wohl Ja gesagt haben«, meint seine Gattin, aber sie irrt. Inga hat bisher noch nicht auf meine Frage geantwortet. Sie starrt mich weiterhin ungläubig an.

Doch von einer Sekunde zur anderen ändert sich ihr Gesichtsausdruck und sie strahlt. »Ich sage nicht einfach *Ja*, sondern: *Unbedingt! Nichts lieber als das!* Ach, Marek, ich hätte nie erwartet, dass du mich jemals fragst.«

Die vielen Zuschauer scheinen ihr jetzt völlig egal zu sein. Sie wirft sich in meine Arme und überschüttet mich mit Küssen.

Unter dem tosenden Applaus der Gäste nehmen wir wieder Platz. Der Ober serviert die vorbestellte Flasche Champagner, die sich auf den zweiten Blick als schnöder Prosecco herausstellt. Aber das ist Inga und mir egal. Wir beide sind so glücklich, dass wir selbst mit lauwarmem Kamillentee auf unsere Verlobung anstoßen würden.

»Du hast ganz rote Bäckchen«, schmunzle ich und streiche ihr über die Wange.

»Und du hast Tränen in den Augen«, erwidert sie und schaut mich verliebt an.

Ihr Chef erhebt sich und tritt an unseren Tisch. »Herzlichen Glückwunsch. Wann soll das freudige Ereignis denn stattfinden? Sie wissen ja, dass Ihnen für die Hochzeit Sonderurlaub zusteht.«

Mein Schatz macht keinen Hehl aus ihrer Verwunderung. »Sonderurlaub? Das heißt, Sie feuern mich nicht?«

Er lacht. »Sie feuern? Warum sollte ich so was Dummes tun?«

»Nun, ich dachte, weil ich noch immer suspendiert bin und bisher nichts von Ihrem Justiziar gehört habe.«

»Von welcher Suspendierung sprechen Sie? Mir wurde gesagt, Sie würden Ihren Urlaub nachholen.«

Inga schüttelt den Kopf. »Marita hat mir schriftlich Hausverbot erteilt. Wussten Sie das nicht?«

Nun hält es auch die Frau des Chefs nicht mehr auf ihrem Stuhl. Sie gesellt sich zu uns und verblüfft nicht nur Inga mit ihrer Verkündung. »Sie hat was? Na, das ist ja der Gipfel der Unverschämtheit.«

Weil ich weiß, wie wichtig Inga dieser Job ist, fühle ich mich genötigt, den beiden einen Platz anzubieten. Als sie zustimmen, bitte ich den Ober, zwei weitere Gläser zu bringen.

Noch bevor wir uns zuprosten, fährt Ingas Chef fort. »Sie haben ein sicheres Gespür für neue Trends. Johannsen exklusiv für uns an Land zu ziehen, war ein Meisterstück von Ihnen.«

»Vergiss nicht, ihre Entscheidung zu erwähnen, Cavaletti die Rote Karte zu zeigen«, mischt sich seine Frau ein. Dann richtet sie den Blick auf Inga. »Hätten Sie sich das nicht getraut, wäre der Schwindel vermutlich nie aufgeflogen. Die ehemalige Chefeinkäuferin meines Mannes hat sich nämlich von ihm schmieren lassen. Über Jahre hat sie dicke Provisionen kassiert und sie sich in die eigene Tasche gesteckt. Aber damit ist jetzt Schluss!«

»Die *ehemalige*?«, erkundigt sich Inga. »Marita ist raus?«

Ihr Oberboss nickt. »Wir haben uns einvernehmlich getrennt. Ich wollte einen langwierigen Rechtsstreit vor dem Arbeitsgericht vermeiden. Schließlich ist es nicht so einfach, eine Schwangere zu feuern. Da sie aber nach allem, was passiert ist, ohnehin nicht beabsichtigt, nach der Geburt zurückzukehren, wurden wir uns schnell einig.«

»Und wer wird ihre Nachfolgerin?«, will Inga wissen.

Ihr Boss grinst. »Na, ich gehe fest davon aus, dass Sie den Posten übernehmen. Ich wollte Ihnen das Angebot machen, sobald Sie aus dem Urlaub zurück sind.«

Inga ist sprachlos.

Chef und Gattin nippen nur kurz am Glas, dann erhebt er sich. »Wir wollen nicht länger stören. Genießen Sie Ihren Abend.«

Sie reichen uns die Hände und verabschieden sich, aber nicht, ohne zu erwähnen, dass Inga sich die Tage in der Firma melden soll.

»Ich komme übermorgen, wenn es Ihnen recht ist. Morgen feiert unser Sohn nämlich seinen fünften Geburtstag.«

Ingas Chef lacht. »Immer etwas los bei Ihnen, was?«

Meine Verlobte nickt lächelnd. Sie sieht ihrem Chef und seiner Frau nach, als sie das Restaurant verlassen. Dann wendet sie sich mir zu. »Bitte, kneif mich, Marek. Ich glaube, ich träume.«

Lachend ziehe ich sie an mich. »Oh nein. Du bist hellwach.«

»Ist das nicht unfassbar? Was für ein wuuunderbarer Tag«, schwärmt sie. »Erst hältst du völlig unerwartet um meine Hand an und nun werde ich auch noch befördert. Ich wüsste nicht, wie dieser Abend noch zu toppen wäre.«

Also, ich wüsste schon, *wie.*

Kurzerhand bitte ich den Ober, uns die Rechnung zu bringen. Weil ich mir nicht sicher bin, ob sich noch Getränke in Moritz' Kühlschrank befinden, bestelle ich vorsichtshalber noch eine Flasche Prosecco zum Mitnehmen.

Inga ist erfahrungsgemäß nach dem Sex immer recht durstig. Mit absoluter Gewissheit kann ich voraussagen, dass sie heute Nacht sehr, sehr durstig sein wird.

KINDERGEBURTSTAG

INGA

Irene hat es sich nicht nehmen lassen, dem Geburtstagskind schon am frühen Morgen zu gratulieren. Mit einem bunt verpackten Geschenk im Arm klopft sie ans Fenster und platzt in unsere Frühstücksrunde. Weil Marek und ich unserem Kleinen nicht die Show stehlen wollen, haben wir das Thema *Hochzeit* noch nicht erwähnt. Erst wenn Mika alle Geschenke ausgepackt hat, wollen wir die frohe Botschaft verkünden.

Doch Irenes Adleraugen haben den funkelnden Brilli an meinem linken Ringfinger bereits entdeckt.

»Sehe ich das richtig?« Sie schaut Marek und mich auffordernd an.

Ich nicke überglücklich.

Nun will auch Valentine wissen, was Irene richtig sieht. Ich strecke meine Hand über den Tisch.

Marek nimmt Mika auf den Schoß. »Gestern habe ich Mama gefragt, ob sie mich heiraten will, und sie hat *Ja* gesagt. Wir werden noch in diesem Sommer Hochzeit feiern.«

»Okay«, antwortet unser Sohn und widmet sich wieder seinen neuen Playmobil-Figuren, die momentan viel interessanter sind als der künftige Familienstand seiner Eltern.

»Na, bravo«, motzt Muriel und springt auf. Unter Tränen schreit sie: »Meine Eltern lassen sich scheiden und ihr heiratet. Das ist so unfair!« Wie eine Furie rennt sie in den Garten.

Nach einem entschuldigenden Blick in meine Richtung folgt Valentine ihrer Tochter hinaus.

Irene ist sichtlich schockiert. »Dann seid ihr gar nicht wegen des Geburtstages hier?«, fragt sie Joshi und streicht ihm mitfühlend übers Haar.

»Nee, wir wohnen jetzt hier«, antwortet er gänzlich unbeeindruckt und mustert hoch konzentriert einen Playmobil-Ritter.

»Ihr könnt heute Mittag weiterspielen«, erklärt Marek und steht auf. Er hat angeboten, die beiden Großen auf dem Weg in die Kita bei der Schule abzusetzen. »Bitte zieht eure Schuhe an, wir müssen gleich los. Sonst kommen wir zu spät.«

Nachdem Muriel sich wieder beruhigt hat, verlassen er und die Kinder das Haus.

Irene nutzt die Gelegenheit und redet meiner Schwester ins Gewissen. »Hast du den Verstand verloren? Du kannst dich doch nicht von Arne scheiden lassen. Er ist so eine gute Partie. Wie willst du ohne ihn klarkommen?«

»Arne ist ein Despot!«, widerspricht meine Schwester scharf. »Ich ertrage seine herrschsüchtige Art nicht mehr. Viel zu lange habe ich vor ihm gekuscht und mich und die Kinder seinen Launen ausgesetzt. Ich will und kann das nicht mehr!«

»Das beantwortet noch immer nicht meine Frage, wovon du künftig leben willst. Du hast nichts gelernt. Außer einem abgebrochenen Studium kannst du nichts vorweisen, und um jetzt noch eine Ausbildung nachzuholen, bist du schon viel zu alt.«

Nun reicht es mir. Es mag ja sein, dass Irene uns schon unser ganzes Leben lang kennt und aufrichtige Sorge hinter ihrem harschen Ton steckt. Nichtsdestotrotz sind wir beide erwachsen. »Rede doch keinen Unsinn, Irene! Mit Mitte dreißig ist

Valentine überhaupt nicht zu alt, um einen Beruf zu ergreifen. Statt sie runterzuputzen, solltest du ihr lieber Mut zusprechen.«

»Was heißt denn Mitte dreißig? Mit dreiunddreißig ist man ja wohl erst Anfang dreißig«, empört sich meine Schwester und sieht Irene vorwurfsvoll an. »Du musst mir auch keinen Mut zusprechen. Es reicht völlig, wenn du dich raushältst.«

Beleidigt verzieht die Frau, die sich für unseren Mutterersatz hält, das Gesicht. »Wenn meine Meinung nicht gefragt ist, dann kann ich ja gehen.«

Ich darf nicht zulassen, dass sie sich eingeschnappt vom Acker macht. An diesem Tag will ich keinen Ärger in der Nachbarschaft. Erst recht nicht, wenn sich im Garten nebenan ein Pool befindet, in dem die Kinder am Nachmittag planschen und Spaß haben könnten.

»Bitte bleib«, sage ich versöhnlich. »Deine Meinung ist durchaus gefragt.«

Ich schenke ihr eine Tasse Kaffee ein und berichte den beiden vom gestrigen Abend, der ereignisreicher nicht hätte sein können. »Ihr könnt euch nicht vorstellen, wie baff ich war, als Marek vor mir auf die Knie ging.«

Valentine nimmt meinen Ring prüfend unter die Lupe. »Der hat mindestens viertausend Euro gekostet.«

Ich schaue sie verwundert an. »Wie bitte?«

»Glaub mir! Von Schmuck verstehe ich was, obwohl ich keine abgeschlossene Berufsausbildung habe«, giftet sie in Irenes Richtung.

»Könnt ihr euch das denn leisten?«, fragt Irene und spielt auf unsere finanzielle Situation an. »Marek muss sich doch erst einen neuen Posten suchen und du wirst deinen Job eventuell auch los.«

Ich kichere. »Du liegst komplett falsch. Marek hat bereits eine neue, gut bezahlte Anstellung gefunden und ich …

tatarata … ich werde zur Chefeinkäuferin befördert. Mein Oberboss hat es mir gestern gesteckt.«

Valentine freut sich für mich. »Das nenne ich *einen Lauf haben*. Gratuliere dir, Schwesterchen.«

Irene schaut stirnrunzelnd in ihre Tasse. Sie findet, dass so tolle Neuigkeiten mehr wert sein sollten als lauwarmer Kaffee. »Hast du keinen Sekt, mit dem wir anstoßen können?«

Ich deute auf die Wanduhr. »Es ist noch keine neun Uhr. Ein bisschen früh für Alkohol, oder?«

Noch bevor sie mir antworten kann, klingelt mein Handy. Marek ist dran. Er steht vor dem Supermarkt und fragt, ob er noch was besorgen soll.

»Wenn wir später grillen wollen, könntest du noch Tofuwürstchen und Körnerbrot mitbringen«, schlage ich vor.

Ich höre ihn lachen. »Ganz sicher nicht, Frau!«

Statt ihm erneut die Vorzüge fleischloser Ernährung vorzubeten, werfe ich einen Blick durch das Fenster. »Was geht denn da draußen vor sich? Will der etwa zu uns?«, frage ich, obwohl Marek gar nicht wissen kann, was ich gerade sehe.

Nun klingelt es und ich öffne die Haustür.

»Ich habe eine Lieferung für Sie. Wohin mit dem guten Stück?«, fragt der Spediteur und deutet auf seinen Anhänger, auf dem ein zehn Meter langes Ruderboot liegt.

Ich bitte ihn, einen Moment zu warten, und erkundige mich bei Marek, der noch immer in der Leitung ist: »Hast du einen Doppelzweier bestellt?«

Er ist komplett ahnungslos. »Was? Nein, natürlich nicht. Wovon redest du überhaupt?«

Der Fahrer wird langsam ungeduldig. »Empfänger ist Mika Bahlburg. Der wohnt doch hier, oder nicht?« Um sicher zu gehen, dass er an der richtigen Tür geklingelt hat, betrachtet er unser Namensschild.

»Wer hat denn den Auftrag erteilt?«, will ich wissen.

Er reicht mir die Versandpapiere und geht zurück zum Hänger, um die Gurte von der Fracht zu lösen.

»Claudius Brenner«, lese ich laut vor.

»Das ist Brummer«, tönt es aus dem Handy. »So ein Spinner. Er hat mich gefragt, worüber Mika sich freuen würde. Als ich ihm einen Tipp gegeben habe, ihm ein Boot zu schenken, dachte ich allerdings an ein Spielzeugboot von Lego oder Playmobil.«

»Das Teil ist eindeutig nicht aus einem Spielzeugladen. Wohin mit dem Monstrum?«, frage ich meinen Zukünftigen.

»Warte auf mich, ich komme.«

Ich würde ja warten, aber der Fahrer nicht. Zusammen bringen wir das 27 Kilo schwere Boot in den Garten und stellen es auf dem Rasen ab. Vor den ungläubigen Augen von Irene und Valentine quittiere ich den Empfang.

»Wahnsinn!«, kreischt meine Schwester.

»Ja«, stimme ich ihr mit einem ungläubigen Lachen zu. »Mareks Freund und Arbeitgeber scheint tatsächlich wahnsinnig zu sein. Wie sonst kommt jemand auf die Idee, einem Fünfjährigen ein solches Boot zu schenken?«

Der Doppelzweier ist die große Attraktion auf dem Kindergeburtstag. Weil Paul seine Brüder mitgebracht hat, sind die männlichen Gäste in der Überzahl. Meine Nichte hat keine Lust, mit den anderen Kindern zu spielen. Sie sitzt mit versteinerter Miene auf der Terrasse und starrt schmollend auf ein Handy. Ihr Handy? Ich finde, eine Elfjährige braucht noch kein eigenes Smartphone. Genau das äußere ich auch meiner Schwester gegenüber, die völlig ahnungslos ist und Muriel das iPhone sofort abnimmt.

»Wo hast du das her?«, will sie von ihrer Tochter wissen.

»Von Papa. Er hat es mir heute geschenkt, als er in der Pause auf den Schulhof gekommen ist.«

Valentine wird kreidebleich. »Hast du ihm etwa erzählt, dass wir bei Inga wohnen?«

Muriel nickt stumm.

»Verdammt! Ich habe dir doch unmissverständlich klargemacht, dass er das nicht wissen darf.«

»Sollte ich ihn etwa anlügen?«, schreit meine Nichte und rennt weinend ins Haus.

Ich schreite ein. »Warum bist du so barsch zu ihr?«

»Weil Arne nicht wissen soll, dass wir bei dir sind.«

Verständnislos blicke ich sie an. »Und warum nicht?«

»Das würde ich auch gern wissen«, tönt eine tiefe Männerstimme durch den Garten. Der Mann, von dem gerade die Rede war, schreitet forschen Schrittes über den frisch gemähten Rasen. Ohne seinen Sohn eines Blickes zu würdigen, stampft er auf Valentine zu.

»Pack deine Sachen! Ich gebe dir fünf Minuten!«, brüllt er sie an.

Erst jetzt bekommt Marek mit, welch bedrohliche Situation sich hier gerade abzeichnet. Er verlässt seinen Grillposten und eilt zu uns auf die Terrasse.

»Bist du schwerhörig?«, schreit Arne Valentine an, die wie versteinert vor ihm steht.

»Hier schlägst du einen anderen Ton an!«, fordert Marek energisch.

Auch ich kann nicht an mich halten. »Mach hier keinen Aufstand! Wir feiern Kindergeburtstag und du bist hier nicht erwünscht.«

»Pah! Eure piefige Feier interessiert mich nicht die Bohne. Ich gehe, sobald deine schamlose Schwester in die Puschen kommt.«

Ich werfe Marek einen flehenden Blick zu und hoffe, dass er diesem Irren nicht vor den Kindern den Mund stopft.

Irene hat einen Geistesblitz. Damit die Zwerge von dem Spektakel nichts mitbekommen, ruft sie Mika und seine Freunde. »Was haltet ihr von einer Wasserschlacht? Ich habe Pistolen für euch besorgt.« Die Jungs sind begeistert und folgen ihr sofort zum Pool.

Als sie außer Hörweite sind, baue ich mich vor Arne auf. »Verschwinde! Auf der Stelle!«

Aber statt einen Abgang zu machen, kommt er einen Schritt auf mich zu. »Hat sie dir erzählt, warum sie sich von mir scheiden lassen will? Dieses dumme Weib glaubt tatsächlich, dass Friedrich, dieser Loser, aufrichtige Gefühle für sie hegt. Dabei geht es ihm gar nicht um sie. Er will nur meine Familie zerstören, weil er sich an mir rächen will. Dieser Idiot kann es noch immer nicht verwinden, dass ich seinem Vater das Grundstück abgeluchst habe.«

Irene ist zurück. Sie ist mit einem prall gefüllten *Super Soaker* bewaffnet und zielt mit der Wasserpistole auf meinen Schwager. »Ich sehe hier nur einen Idioten«, ruft sie und spritzt ihm direkt ins Gesicht.

Arnes Hemd ist bereits völlig durchnässt, als ein weiterer Besucher den Garten betritt.

»Da ist ja Moritz«, kreischt Mika und bläst zur Attacke auf ihn. Anders als mein pudelnasser Schwager nimmt er es mit Humor.

Aber nur kurz. Als er Arne gegenübersteht, platzt es aus ihm heraus. »Was machen Sie denn hier?«

Plötzlich kann es dem Choleriker nicht schnell genug gehen, das Grundstück zu verlassen. Panisch rennt er zu seinem Wagen und rauscht ab.

»Was habt ihr mit diesem Arsch zu tun?«, will Moritz wissen. Ich reiche ihm ein Handtuch und bitte ihn, uns zu erklären, woher sie sich kennen.

»Dieser miese Typ schuldet mir noch immer eine Menge Geld. Ihm habe ich es zu verdanken, dass ich vor zwei Jahren Konkurs anmelden musste.«

Valentine steht kurz vor einem Nervenzusammenbruch. Damit es nicht so weit kommt, bringe ich sie ins Haus.

»Oh mein Gott, ist mir das peinlich«, jammert sie.

Ich nehme sie in den Arm. »Nicht doch! Du hast überhaupt keinen Grund, dich zu schämen. Schließlich kannst du nichts dafür.«

Meine Worte verhallen wirkungslos. Dicke Tränen kullern ungebremst über Valentines Wangen. »Könntest du mich einen Moment allein lassen, bitte?«

Nur zögernd komme ich ihrem Wunsch nach und überlasse meine am Boden zerstörte Schwester sich selbst.

Bis Paul und seine Brüder abgeholt werden, versteckt sie sich im Haus.

Erst nachdem ich die Kinder ins Bett gebracht habe und Irene rübergegangen ist, lässt sie sich wieder blicken. Mit gesenktem Kopf gesellt sie sich zu Moritz, Marek und mir auf die Terrasse.

»Ich hatte keine Ahnung davon, dass mein zukünftiger Ex-Mann Ihnen Geld schuldet«, erklärt sie mit belegter Stimme. »Aber ich werde alles unternehmen, was in meiner Macht steht, um Ihnen zu Ihrem Recht zu verhelfen.«

Mir entgeht nicht, wie Mareks Freund meine Schwester mustert. Ihm scheint zu gefallen, was er sieht. Mit einem neckischen Lächeln greift er zu der Flasche Wein, die auf dem Tisch steht, und will ihr ein Glas einschenken. »Sag doch nicht *Sie* zu mir. Ich bin Moritz. Da wir beide die Trauzeugen von Marek und Inga sein werden, sollten wir uns duzen. Oder was meinst du?«

»Okay«, erwidert sie knapp und streicht sich eine Haarsträhne aus dem Gesicht.

»Ups, da ist ja gar nichts mehr drin«, erkennt Moritz enttäuscht und reicht mir die leere Flasche. »War's das? Oder gibst du noch eine aus?«

Ich stehe auf und gehe hinein, um Nachschub zu holen.

Meine Schwester folgt mir auf dem Fuße. »Wenn Moritz ein so enger Freund von Marek ist, dass er sein Trauzeuge sein wird, wieso lerne ich ihn erst jetzt kennen? Wo habt ihr ihn bloß so lange vor mir versteckt?«

Während ich den Korken heraushebele, nehme ich meine Schwester ins Visier. »Wieso fragst du? Gefällt er dir?«

Sie grient verlegen. »Er ist nett.«

»So nett wie Friedrich?«

»Weiß ich noch nicht, aber das werde ich noch herausfinden.« Mit deutlich besserer Laune nimmt sie mir den Wein ab und stolziert hinaus.

Ich lehne noch eine Weile am Küchentresen und beobachte das Geschehen amüsiert durchs offene Fenster.

Valentine schenkt Moritz und sich ein. Dann hebt sie ihr Glas und prostet ihm zu. »Ich bin Valentine«, säuselt sie und spitzt ihre Lippen. »Jetzt solltest du mich küssen, Moritz. Das macht man doch so, wenn man sich duzt, oder etwa nicht?«

Die Chuzpe, die meine sonst so zurückhaltende Schwester an den Tag legt, überrascht nicht nur mich.

Auch Marek schaut den beiden mit offenem Mund beim Küssen zu. »Ich glaube, ich lass euch mal allein«, erklärt er und kommt zu mir in die Küche.

»Meine Schwägerin in spe verliert wirklich keine Zeit.«

»Ach, Schatz, sie hat an der Seite dieses Oberarschlochs doch schon viel zu viel Zeit verloren.«

»Recht hast du, Inga-Maus. Gönnen wir ihr den Spaß und gehen ins Bett.«

Ich muss kichern. »*Ihr den Spaß gönnen?* Du ahnst ja gar nicht, welchen Spaß *ich* haben werde, wenn wir gleich nach oben gehen.«

Marek zieht mich in seine Arme. »Schon wieder?«

Zärtlich streiche ich über seine Brust. »Aber klar doch, Liebling. Ich kann es gar nicht erwarten, bis es in die nächste Runde geht.«

Ende

BISHER ERSCHIENEN

Inkognito
Blindes Vertrauen und fatale Begierde
Urlaub mit dem Ex
Alle lieben Molly ... ich nicht
Liebe ist wie Radfahren
Ledig ... Geschieden ... Verwitwet
Fatales Schweigen
Nie wieder Toskana
Die Pflegerin
Verhängnisvolle Ferien
Erben für Anfänger
Die Gesellschafterin
De Schauspelerin
Halbe 25
Ein unvergesslicher Single Sommer
Club der Feinschmecker
Die Treuetesterin

FSC
www.fsc.org
MIX
Papier | Fördert
gute Waldnutzung
FSC® C083411

Zeitfracht Medien GmbH
Ferdinand-Jühlke-Straße 7
99095 Erfurt, Deutschland
produktsicherheit@kolibri360.de

Druck:
CPI Druckdienstleistungen GmbH
im Auftrag der
Zeitfracht Medien GmbH
Ein Unternehmen der Zeitfracht - Gruppe
Ferdinand-Jühlke-Str. 7
99095 Erfurt